Erie-See

(Cleveland)

PENNSYLVANIA

Allegheny-R.

Ohio
Pittsburgh

Monongahela-River

Muskingum-R.

OHIO

Little Kanawha

Point
Pleasant

VIRGINIA

Gr.Kanawha-R.

Der Fliegende Pfeil

Fritz Steuben

Der Fliegende Pfeil

Franckh-Kosmos

Umschlaggestaltung von Atelier Reichert, Stuttgart,
unter Verwendung einer Illustration von Silvia Christoph, Berlin
Vorsatzzeichnung von Johannes-Christian Rost, Stuttgart

Bearbeitung von Nina Schindler, Bremen

 **Bücher · Videos · CDs**
Kalender · Seminare

Zu den Themen: ● Natur ● Garten und
Zimmerpflanzen ● Astronomie ● Heimtiere
● Pferde & Reiten ● Kinder- und Jugend-
bücher ● Eisenbahn / Nutzfahrzeuge

Nähere Informationen sendet Ihnen gerne
Franckh-Kosmos · Postfach 10 60 11 · 70049 Stuttgart

Die Deutsche Bibliothek – CIP-Einheitsaufnahme

Steuben, Fritz:
Der Fliegende Pfeil / Fritz Steuben. – 26. Aufl. – Stuttgart:
Franckh-Kosmos, 1996
    ISBN 3–440–07231–2
Vw: Wittek, Erhard [Wirkl. Name] – Steuben, Fritz

26. Auflage 1996
© 1930, 1965, 1976, 1979, Franckh-Kosmos Verlags-GmbH & Co., Stuttgart
Alle Rechte vorbehalten
ISBN 3-440-07231-2
Printed in Czech Republic / Imprimé en République tchèque
Satz: Steffen Hahn GmbH, Kornwestheim
Herstellung: Finidr s. r. o., Český Těšín

Der Fliegende Pfeil

Das Gelbe Haar

Der weiße Mann lief mit zusammengebissenen Zähnen. »Schneller! schneller! schneller!« – das waren alle seine Gedanken. Das hohe, scharfe Gras der Prärie schlug ihm gegen die Knie, Schweiß rann ihm in Strömen aus allen Poren, Blut, das aus einer Streifwunde lief, klebte sein blondes Haar zusammen, sein Atem ging keuchend und stoßweise, jetzt stolperte er – aber er riß sich wieder hoch. Er trat auf einen losen Stein, der sich unter seinem Fuße drehend fortrollte, doch die Zehen hatten schon wieder Grund gefaßt, und er raste weiter. »Schneller! schneller! schneller!« – hämmerte es hinter seiner Stirn; er hörte die Tritte der Indianer hinter sich, unterdrückte Rufe, und das spornte an wie Feuer im Fleisch.

Er sah seinen Schatten vor sich hertanzen, seine Sprünge vergrößernd; einzelne Bäume glitten dunkel an ihm vorbei, er sprang über den wilden Wein, dessen Ranken wie Schlangen am Boden krochen, mit einem Satz fegte er über ein hohes Weidengebüsch – »Schneller! schneller! schneller! . . .« Er ballte die Fäuste, rannte, was Lunge und Beine hergaben. Er lief geradewegs nach Osten, zurück zu den Siedlungen der Weißen. Die waren noch weit, aber sehr nahe war ihm der Feind. Er lief um sein Leben.

Längst schon hatte er die große Menge der Indianer von sich abgeschüttelt, die aufgeregt, wütend, unter kriegerischen Rufen sich sofort bei seinem Ausbruch an die Verfolgung gemacht hatten; die meisten hielten ein solches Rennen nicht durch. Aber diese letzten vier schüttelte er nicht von sich ab, das waren Läufer, die den Büffel überholten. Mit einem allein, selbst mit zweien, hätte er, der Waffenlose, es schon aufgenommen, seine beiden kräftigen Fäuste würden ihm alle Waffen ersetzt haben.

Aber vor vier mit Messern und Kriegskeulen bewaffneten Shawnee blieb nur die Flucht. Hinauf und hinab über die leichten Hügelwellen der Ebene ging die wilde Jagd, an Schwarzeichen, an Nußbäumen vorbei, das hohe, zwei und drei und vier Fuß lange Gras verbarg den Boden, jeden Augenblick konnte der Weiße stürzen, aber er lief mit blinder Sicherheit.

Die roten Krieger waren klug und ließen sich nicht auf einen Dauerlauf ein. Sie setzten alles auf Schnelligkeit und rannten unter Anspannung aller ihrer Kräfte, mit langen, federnden Sätzen. Während der Gejagte nach Art der Weißen den ganzen Fuß auf die Erde setzte, liefen die Roten auf den Fußspitzen – das schonte die Kräfte, gab ihrem Lauf größere Leichtigkeit. Sie schnellten förmlich über den Boden. Und der schnellste von ihnen kam seinem Opfer immer näher.

Da stieß der Indianer am rechten Flügel zwei Worte aus, ein Triumphgeschrei der anderen war die Folge. Sie rannten jetzt einen leichten, weiten Abhang hinab, nicht mehr weit war der Wald, der dem weißen Mann Rettung bringen konnte. Aber jetzt sah auch er die Schlucht im Talgrund, die sich wie ein dunkler Riegel quer vor die Richtung seines Laufes in die grüne Ebene legte. Ein Blick genügte, ihm zu sagen, daß er den Spalt nicht überspringen konnte.

Aber dieser Mann gab sich nicht so leicht verloren. Wenn es nicht hinüber ging, dann an der Schlucht entlang ... sofort bog er nach links ab.

Ein gellendes »Hooo« war die Antwort der Indianer. Diese Krieger wußten, wie man seinen Feind zu Tode jagt. Sie liefen in breiter Front, mit Zwischenräumen von 15 bis 20 Metern. Der Bogen, den der Weiße jetzt schlug, brachte ihn von selbst an den Indianer auf dem äußersten linken Flügel heran. Ein Kampf war aussichtslos, jede, auch die kleinste Verzögerung mußte die anderen Roten heranbringen.

Jetzt, zum ersten Male in diesen Minuten des Todeslaufes, fühlte der Weiße seine Kopfhaut kalt werden - er hatte einen ihrer Krieger lahm geschossen, und wenn die Shawnee das Blut der Ihren gesehen hatten, kannten sie keine Gnade, das wußte die ganze Grenze.

Mit weißem, blutleerem Gesicht und starren Augen bog der Gejagte wieder nach rechts ein, in die alte Richtung, geradewegs nach Osten. »Lieber mit dem Schädel gegen die Felsen, als in die Hände dieser Schufte ... schneller, schneller, schneller ...«

Und dann sah er einen Schatten links neben sich wachsen, den Schatten des Indianers, der ihm am nächsten war. Zunächst sah er nur den Kopf, aber der Schatten wuchs erbarmungslos, die schon tief im Westen stehende Sonne warf ihn weit vor den Läufer. Mit der Geschwindigkeit eines vom Präriebrand gejagten Mustangs fegte der schnellste der Roten heran – und da war auch schon die Schlucht, gut 12 bis 16 Fuß* breit, aber dem angstgepeitschten Flüchtling zehnmal so breit erscheinend, ein gähnender, schwarzer, ungeheurer Spalt ...

Jedoch der Weiße biß die Zähne zusammen. »Dreimal lieber mit dem Kopf gegen die Felsen –« raste es noch einmal durch sein Gehirn – er ballte die Fäuste, spannte alle Sehnen, sauste heran und sprang ...!

Aber schon in der Luft sah er, daß der Sprung zu kurz war, daß seine Füße die Erde drüben nicht erreichen würden – wild warf er die Arme vor, prallte mit dem Leib hart gegen die Kante der Schlucht, die Hände krallten sich in das Gras, griffen rasend schnell weiter, der Oberkörper fiel vornüber, die Füße schlugen in die Wand ... und so klebte er mit dem Rumpf auf dem jenseitigen Rande, den Kopf an den Boden gepreßt, Hände, Arme, Brust in die Erde wühlend, während die Beine über der Schlucht hingen.

Da stand schon der Indianer drüben, an der Stelle des Absprungs, und hob mit raschem Schwung den Schädelbrecher zum Wurf ...

* Ein Fuß = 30 cm

9

Aber er ließ den Arm wieder sinken.

»Das Gelbe Haar ist ein großer Springer. Tecumseh hat den Tod in seiner Hand, aber seine Faust bleibt geschlossen.«

Im rauhem Englisch tönten die Worte, ruhig und bewundernd gesprochen, über den Abgrund herüber.

»Von dieser Jagd werden die Krieger noch nach vielen Sommern erzählen. Das Gelbe Haar war ein Bär, dann war er ein Hirsch, und jetzt wurde er Vogel; er berichte seinen Frauen, wie gut er geflogen ist. Tecumseh ist ein Shawnee.«

Der Weiße lag und lauschte. Er hatte schon geglaubt, das Pfeifen der Waffen in der Luft zu hören, und er begriff den Sinn der Worte erst, als sie längst verklungen waren. – Jetzt ließ der Krampf der Muskeln nach, er wälzte sich auf festen Grund und erhob sich.

Fünf Schritte davon stand der indianische Krieger, auf der anderen Seite der Schlucht, hoch aufgerichtet, schlank, halb nackt, die Linke zur Faust geballt, in der Rechten seine Kriegskeule – ein Knabe hätte auf diese Entfernung treffen und töten können.

Die anderen Roten kamen herbei, die Gegner standen sich gegenüber, hier der erschöpfte, waffenlose Weiße, dort die vier Indianer. – Die Gefährten Tecumsehs hatten seine letzten Worte gehört; sie schätzten die Breite der Schlucht mit den Augen und brachen in erstaunte Rufe aus. Sie maßen den weißen Gegner mit bewundernden Blicken, und auch sie hielten ihre Waffen gesenkt. Dann erhoben sie ihren Tomahawk grüßend dem Gelben Haar entgegen, drehten um und gingen ohne Eile zurück nach Westen, in die untergehende Sonne hinein.

Der weiße Mann sah ihnen verständnislos nach, sah dann hinunter in die Schlucht – gut neunzig Fuß tief war der Abgrund, jetzt erst wußte er, was er getan hatte. Sein blondes Haar saß noch auf seinem Haupte. Er war doppelter Todesgefahr entgangen.

Seine Beine zitterten. Er ließ sich nieder, wo er stand. »Tecumseh ist ein Shawnee«, murmelte er vor sich hin und wußte es nicht. Er sah den Roten noch lange nach, selbst als sie schon längst im hohen Grase verschwunden waren.

Dann aber, nach geraumer Zeit, erhob er sich wieder; sein Gang war schwerfällig, als er jetzt langsam nach Osten schritt. In zwei Stunden war die Nacht da, in dreißig Minuten mußte er im Walde sein. Er war gerettet.

Als er das schützende Gehölz fast erreicht hatte, schreckte ihn Pferdegetrappel, Stimmengewirr, lautes Rufen von links. Von dort, von Norden her, sprengte eine Reiterschar am Waldrand heran, halb verdeckt von den Büschen, die der Wald hier schon in die Prärie hinausschob. Zwei lange Sätze brachten das Gelbe Haar, wie ihn die Indianer seit diesem Tage nannten, hinter einen dichten hohen Strauch. Zu spät, er war bereits bemerkt worden; aber auch Gelbes Haar hatte seine Nachbarn aus der Siedlung am Blauen Fluß erkannt. Er trat hervor.

»Er ist es!« rief jubelnd ein junger, schlanker Bursche, der sich unter den ersten befand.

Sie kamen in vollem Galopp heran, sprangen von den Pferden, umdrängten ihn, schüttelten ihm die Hand, schlugen ihm auf die Schulter – kurz, sie begrüßten ihn, wie Männer einen Freund begrüßen, den sie schon verloren gegeben hatten. Sein junger Bruder, der blond war wie er selbst, umarmte ihn stürmisch.

Es war ein Trupp von achtzehn Männern, die schon bei oberflächlicher Betrachtung sich deutlich in zwei Gruppen schieden. Etwa die Hälfte trug bäuerliche Kleidung, wie man sie um die Mitte des achtzehnten Jahrhunderts in der Gegend von Hannover trug, nur daß die meisten statt Stiefel hirschlederne Mokassins trugen. In diesen abgelegenen Gegenden waren Stiefel europäischer Art teuer, so daß sie von den Ansiedlern, wenn überhaupt, nur an Festtagen getragen wurden. Jeder der Männer aber hatte eine lange Büchse in der Hand, ein Rifle, wie sie die Büchsenmacher von Lancaster anfertigen, die darum an der ganzen Grenze berühmt und gesucht waren. Der eine oder der andere der Bauern führte noch ein langes Messer im Gürtel. Es waren alles kräftige, von der Luft gebräunte, von schwerer Arbeit etwas schwerfällige Menschen mit scharfem Blick. Sie sprachen alle Deutsch, und sie sprachen es nach der ersten stürmischen Begrüßung auf eine bedächtige Art, obwohl der älteste von ihnen nicht älter als etwa 35 Jahre sein konnte.

Ganz anders benahmen sich die übrigen Mitglieder der Gruppe. Sie sprachen weit schneller und lebhafter, unterstrichen oder erklärten ihre Worte durch heftige Gebärden, sprachen aber dabei leise und vorsichtig, und ihre Blicke wanderten, auch in der lebhaftesten Unterhaltung, von Zeit zu Zeit beobachtend über die Prärie hin und den Waldrand entlang.

Ihnen sah man es an, daß sie Jäger waren. Ihre Kleidung war halb indianisch. Sie trugen alle nur eine kurze Jacke mit langen, engen Ärmeln, enge lederne Hosen, die durch wollene Gürtel in grellen, freilich meistens stark verblichenen Farben gehalten wurden. Die Nähte der Hosen und Jacken waren bei einigen auf indianische Weise mit bunten Fäden, bei anderen mit Pelzstreifen verziert. Ein Teil verzichtete auf Hüte, der Rest hatte Kappen aus Biberfell auf dem Kopf. Auch sie hatten alle Lancaster-Rifles, aber daneben trug jeder noch ein bis zwei Messer und einen Tomahawk im Gürtel. Messer und Wurfbeil staken in Scheiden aus gegerbtem Leder, denen man die indianische Arbeit ansah. Die meisten waren Iren, doch waren auch zwei Franzosen darunter.

»Ihr seid zu unbesonnen, Friedrich Wagner. Warum habt Ihr nicht die Rückkehr Eures Bruders abgewartet? Er war kaum ins Dorf gekommen, da saßen wir alle schon im Sattel. Gegessen haben wir im Reiten. Ihr seid zu unbesonnen, sage ich. Das könnte ein böses Ende nehmen.« Es war der Älteste, der so sprach, Konrad Wulf, fast so groß wie der Angeredete. Friedrich Wagner aber hieß in den nächsten Jahren nur noch das Gelbe Haar, auch unter seinen weißen Landsleuten: er war höchstens fünfundzwanzig Jahre alt, ein Mann von fast zwei Metern

Länge, von ungewöhnlich kräftigem Körperbau, dabei aber schlank und gewandt. Er hatte ein freundliches Gesicht – jetzt freilich war es düster. Sein blondes Haar stand ihm immer noch wirr um den Kopf, von geronnenem Blut verklebt, an seinem Hemd aus gebleichtem Leinen fehlte ein Ärmel.

»Es fehlte nicht viel zum bösen Ende, Konrad Wulf. Aber was nützt das Reden? – Habt Ihr noch ein Pferd für mich? Wir müssen hinter den Schuften her, meine Pferde muß ich wiederhaben. Wollt Ihr mir helfen, so ist's gut, wenn nicht, so jage ich sie ihnen mit meinem Bruder allein ab. Ein Pferd werdet Ihr mir doch leihen . . .!«

»Aber Fritz, sie sind doch darum mit mir gekommen!« rief sein Bruder, ein sonnenverbrannter, lebhafter Bursche von knapp zwanzig Jahren.

»Ihr seid zu unbesonnen, Friedrich Wagner, sage ich«, entgegnete nun wieder Wulf. »Wir helfen Euch, wie ein ehrlicher Nachbar dem anderen helfen soll. Und auch diese Jäger dort wollen dabei sein, wenn Ihr nichts dagegen habt.«

»Oui, oui«, rief nun einer der Franzosen, »aberr wir müssen maken plus vite. Le soleil ist spät –« und deutete auf den Stand der Sonne.

»Also auf die Gäule, solange wir die Fährte noch sehen können«, sagte Wulf. »Ein Pferd für Euch ist auch da, Friedrich.«

Der Trupp saß wieder auf, auch Friedrich Wagner bestieg eines der vier Packpferde, die den Proviant für die kleine Schar trugen. Die Mitnahme dieser Packtiere ermöglichte den Männern überhaupt erst eine schnelle Verfolgung, weil sie dadurch nicht auf die Jagd angewiesen waren. Sie ritten am Waldrand zurück nach Norden bis zu der breiten Fährte des Indianertrupps, auf der Friedrich Wagner heute schon einmal geritten war. So vermieden sie die Schlucht, die diesem fast zum Verderben geworden war.

Die Pferde, zumeist Abkömmlinge europäischer Bauerngäule, hatten deren ganze Schwerfälligkeit. Sie waren gewohnt, vor dem Pflug und vor schweren Wagen zu gehen, sie waren kräftig und ausdauernd, aber alles andere als edle Renner.

Die Jäger waren bedeutend besser beritten, zwei saßen auf gezähmten Mustangs, die noch das ganze Feuer dieser prachtvollsten Tiere der amerikanischen Prärie im Leibe hatten. Übrigens waren die Jäger, wenn auch ihre Pferde besser waren als die der Bauern, um so schlechtere Reiter. Gewohnt, im Walde und in den Bergen zu jagen und zu wohnen, wo Pferde natürlich nur eine Last waren, waren sie wohl auch geschickt im Bau und in der Handhabung der leichten indianischen Rindenboote, mit denen sie erstaunlich weite, bewunderungswürdige Reisen auf den Flüssen und Strömen Nordamerikas zu machen verstanden, aber reiten konnten sie nicht besonders gut. Jedoch wollten sie, wie sie erzählten, weit nach Norden hinauf, und da war die Reise zu Pferde schneller und bequemer als zu Fuß oder als der Kampf gegen die Strömung des Ohio oder gar des Muskingum. Sie hatten ihre Ausrüstung in der Siedlung am Blauen Fluß ergänzt, als der Bruder Friedrich Wagners in das Dorf gejagt kam und von dem Pferdediebstahl der Shawnee erzählte. Stets zu Abenteuern und Indianerverfolgungen bereit, hatten sie sofort ihre Mithilfe auch in diesem Fall angeboten.

Die Männer ritten im Trab auf der deutlich sichtbaren Fährte, die der Ritt der etwa fünfzig Pferderäuber über die Prärie gezogen hatte, nach Westen. Das Gelbe Haar erzählte kurz seine Erlebnisse, und als er von seinem Sprung über die Schlucht berichtete, unterbrachen ihn laute Rufe des Erstaunens, ja, des Unglaubens. Einige ritten sogar die kurze Strecke zurück, dann an der Schlucht entlang und riefen und winkten, als sie die Stelle gefunden hatten, auch die übrigen heran. Bald hielt der ganze Trupp an dem Platze, der deutlich genug für die Wahrheit des Erzählten sprach. Friedrich Wagner stand noch einmal an dem Ort, an dem ihm das Schicksal und ein fremder, stolzer Krieger vor kaum einer Stunde das Leben geschenkt hatte.

»Männer«, rief der Rote Tom – einer der irischen Jäger –,

»wenn mir das jemand von euch erzählen würde, den würde ich einen Lügner heißen. Aber es ist wahr, es ist wahr.«

Er stieg vom Pferde, band sein Messer an einen langen Riemen und warf es über die Schlucht. Dann kniete er am Rande nieder und zog es auf der Gegenseite bis dicht an den Abgrund, faßte den Lederriemen an der Stelle, die genau auf der diesseitigen Kante lag und holte darauf seine Waffe wieder über die Schlucht zu sich. Ein Kamerad legte den Lederstreifen auf die Erde und schritt dann seine Länge vom Ende bis dorthin ab, wo der Rote Tom den Riemen hielt.

»Sechzehn Fuß!« rief der Rote Tom wieder. »Männer, das ist ein Sprung!« Er drängte sich zu Friedrich Wagner und reichte ihm die Hand, die anderen folgten seinem Beispiel, und noch einmal mußte das Gelbe Haar sich beglückwünschen lassen.

Dann saß der Rote Tom mit einem Satze wieder im Sattel, und mit erhöhter Eile folgte man endgültig der Fährte.

Wagner erzählte nun sein Erlebnis zu Ende. Als er am frühen Morgen dieses Tages zur Weide ritt, auf der seine Pferde, wie das damals überall in den amerikanischen Kolonien üblich war, in einer Umzäunung, im übrigen aber unbewacht weideten, fand er sie nicht mehr vor, wohl aber die Fährte einer berittenen, starken Indianergruppe, die von Westen heran und auch wieder dorthin zurückführte. Er sandte sofort seinen Bruder in die Siedlung, um Helfer für eine Verfolgung zu werben, er selbst wollte ursprünglich auf deren Eintreffen warten. Aber seine Empörung, seine Wut waren so groß, daß ihm die Zeit zu lang wurde. Zwei Stunden hielt er ungeduldig aus, dann ritt er allein hinter den Räubern her, die ihre Spur nicht verbergen konnten und sich übrigens auch nicht die geringste Mühe dazu gegeben hatten.

Aber so scharf er auch ritt, er merkte an nichts, daß er ihnen näher kam. Am Nachmittag – er war nicht lange aus dem Walde heraus, sah er sich vier Indianern gegenüber, die, von einem Strauch halb verdeckt, am Boden saßen. Ohne zu überlegen, hielt er sein Pferd an, schoß, verwundete einen und jagte dann auf die übrigen los.

Gleich darauf krachten einige Schüsse, sein Pferd stolperte, überschlug sich, schleuderte seinen Reiter aus dem Sattel – und dann tauchten von allen Seiten Indianer aus dem Grase auf.

»Die drei ersten bekamen meine Faust zu spüren, aber dann waren sie über mir. Ich riß mich los, ließ mein Gewehr, mein Pferd und einen Hemdärmel im Stich, und es gelang mir durchzubrechen. Die roten Hunde schossen hinter mir her, aber schießen können sie ja nicht; daß sie meinen Gaul trafen, war auch nur Zufall. Sie blieben alle weit zurück bis auf vier –« und das Ende dieser Erlebnisse kennt der Leser.

Da die Reiter nicht wußten, ob die Indianerschar inzwischen weiter gezogen war, mußte man bald langsamer und vorsichtiger reiten. Immerhin hatten in der offenen Prärie zwanzig gut bewaffnete und entschlossene Männer damals, als die meisten Indianer noch mit Pfeil und Bogen bewaffnet waren, die drei- und vierfache Anzahl Feinde nicht zu fürchten. Der Kampfplatz war bald erreicht, und hier stellte sich bei Untersuchung der Spuren heraus, daß Wagner vorhin in eine ganz gewöhnliche Indianerfalle hineingelaufen war. Die Roten mußten ihn längst bemerkt gehabt haben, sie hatten in nach Osten offenem Halbkreis im Grase gelegen und die vier Indianer, die er zuerst erblickte, an die tiefste Stelle postiert. Als er sie sah, war er schon längst eingeschlossen gewesen. Daß er trotzdem entkommen war, hatte er nur seinen Bärenkräften, seinen langen Beinen und wahrscheinlich auch seinem Pferde zu verdanken, das in seinen Schmerzen wild um sich geschlagen und so dem Weißen eine Seite frei gehalten hatte.

Inzwischen waren die Jäger in großem Kreise um den Kampfplatz geritten, um festzustellen, wohin sich der Indianertrupp gewandt hatte; sie winkten den Bauern nachzukommen. Und als man sich wieder vereinigt hatte, sagte der Rote Tom, der wieder den Sprecher machte: »Es sind Shawnee. Tecumseh, oder wie der

Kerl heißt, sprach wahr, dort an der Schlucht. Eure vier Verfolger, Gelbes Haar« – als erster Weißer gebrauchte nun auch der Rote Tom den neuen Namen Wagners –, »sind dem Haupttrupp genau auf seiner Fährte gefolgt, denn es führt keine andere Spur von diesem Platz. Ihre Pferde hatten sie im Grase versteckt, aber Ihr müßt trotzdem blind gewesen sein, daß Ihr sie nicht gesehen habt. Warum sie Euch nicht zu Pferde verfolgten, das weiß der Teufel. Sie wollen über den Fluß und sind sicherlich schon am anderen Ufer. Aber die vier letzten müssen wir noch vor der Nacht einholen, die waren ja zu Fuß. Bleibt dicht hinter uns.«

Sie befanden sich schon wieder in scharfem Trab auf der sehr breiten und deutlichen Fährte.

»Die Kerle fühlen sich sehr sicher, oder sie halten uns für sehr dumm«, sagte Konrad Wulf.

»Würde meinen, sie wollen uns fangen wie das Gelbe Haar«, entgegnete der Rote Tom.

»Nix Falle, wir können sehen die ganze Prärie toute plaine. Zwanzig Männer keine Angst vor les Indiens. Im Wald anders, hier nix fangen.«

»Ihr habt recht, Jean Martin«, sagte Tom, der mit dem Franzosen voranritt und die Fährte vor sich scharf beobachtete. Es galt aufzupassen, ob nicht ein Teil der Roten nach links oder rechts abgeschwenkt war. »Solange wir nicht an Wald oder Buschwerk kommen, hat es keine Gefahr. Also Galopp!«

Sie folgten seinem Beispiel und ritten schweigend weiter, bis nach kurzer Beratung mit Jean Martin der Rote Tom längere Zeit darauf sein Pferd anhielt.

»Wenn die vier Verstand haben – und dieser Tecumseh scheint nicht der Dümmste zu sein, danach zu urteilen, wie er Euch jagte, Gelbes Haar –, so halten sie am Ufer des Flusses nach uns Ausschau. Am Fluß ist Buschwerk genug, in dem sie ungesehen sitzen können. Wenn wir so weiterreiten, bekommen wir sie nicht. Würde also meinen, zwei von euch reiten langsam geradeaus weiter, bis sie die Büsche sehen – und dann noch langsamer. Müßt in die Büsche hineinreiten. Die Kerle werden euch auflauern und fangen wollen.

Wir andern reiten ventre à terre, wie Martin sagen würde, hier links ab nach Südwesten an den Fluß, schlagen einen Bogen, dann im Gebüsch zurück, sehr schnell, bis wir euch zwei sehen. Steigen dann ab und schleichen zu der Stelle, wo die vier roten Kerle wahrscheinlich auf euch lauern. Würde meinen, der Platz läßt sich genau berechnen. Und dann fangen wir sie lebendig. Wißt ihr was Besseres?«

»Pas bon, fangen die vier. Wozu? Was wir mit ihnen maken? Besser laufen lassen, große troupe verfolgen, wieder holen les chevaux. Die Shawnee müssen denken, niemand hinter ihnen, Gelbes Haar tout seul, allein. Wenn wir fangen die vier, les autres werden merken, daß kommen viele Verfolger«, meinte Martin.

»Würde meinen, wir fangen die vier erst, dann reiten wir hinter den anderen her.«

»D'où savez-vouz, woher wißt Ihr, daß andere, große troupe schon weg? Können auch warten am Fluß viel Wald, gut für Indianer.«

»Die warten nicht«, meinte verächtlich der Rote Tom. »Denen sitzt die Angst in den Knochen, das sieht man hier an der Spur. Die sind ausgerissen, sage ich.«

»Quant à moi, ich glaube, sie wollen maken eine Falle. Große Fährte viel zu breit. Indianer immer reiten en file, warum hier reiten nebeneinander? Serr verdächtig. Ici, dans la prairie, keine Angst. Aberr im Wald serr gefährlik.«

Jedoch die Ansicht des Franzosen wurde überstimmt, das Jagdfieber war über die Männer gekommen, sie wollten möglichst heute wenigstens einige der Pferdediebe in die Hand bekommen; bis morgen zu warten, ließ die erregte Leidenschaft nicht zu.

Sie hatten später noch Gelegenheit, ihren Übereifer zu bereuen.

Der Plan des Roten Tom wurde also gutgeheißen, nur eine Änderung schlug Friedrich Wagner vor.

Der Ire sah ihn an: »Ihr werdet ein guter Indianerjäger werden, wenn Ihr Euren Verstand immer so gebraucht, Gelbes Haar. Würde meinen, Konrad Wulf und Ihr, Friedrich Wagner, Ihr reitet also geradeaus, wie Ihr es vorgeschlagen habt. Oder wißt Ihr was Besseres?«

Es erhob sich kein Einwand mehr. Der Rote Tom stob also mit seiner Schar nach links davon, die beiden Deutschen, die er genannt hatte, ritten geradeaus weiter auf der breiten Spur der geflohenen Indianer, die nun schon eine ganze Stunde scharfen Rittes ganz genau nach Westen führte, als wären die Roten nach dem Kompaß geritten.

Am Strom der Shawnee

Die vier Indianer, die das Gelbe Haar nach seinem Sprung über die Schlucht geschont hatten, waren nur so lange langsam geschritten, wie der weiße Mann sie sehen konnte. Kaum waren sie aus seinem Gesichtskreis, so fielen sie in den Indianertrab – hundert Schritte laufen, hundert Schritte gehen –, der die Indianer im allgemeinen mit erstaunlicher Schnelligkeit vorwärtsbringt. Diese vier Shawnee waren, das hatten sie bei ihrem Lauf gezeigt, schnell und ausdauernd, bald hatten sie den Kampfplatz, an dem Friedrich Wagner vom Pferde geschleudert worden war, erreicht. Dort fanden sie ihre vier Pferde angepflockt vor, der Haupttrupp aber war bereits weitergeritten. Und als die neunzehn Weißen an dieser Stelle hielten, war Tecumseh mit seinen Begleitern schon in Sicht der Uferwälder, die den Ohio auf seinem ganzen Wege von der Vereinigung des Monongahela- mit dem Allegheny-River bis an seinen Einfluß in den großen Strom Nordamerikas begleiten. Sie ritten bis auf etwa achthundert Schritt an die Büsche heran, hielten dann und warfen sich mit ihren gut ausgebildeten Pferden sofort ins Gras.

»Bald ist der große Stern in das salzige Wasser getaucht. Die roten Krieger werden hier warten. Wenn weiße Männer der Fährte der Shawnee folgen, flieht an den Strom. Tecumseh geht sehen, ob Cornstalk eine Botschaft für seine jungen Leute zurückließ. Wenn die Nacht gekommen ist, mögen meine Brüder hinkommen, wo das Steinige Wasser in den Strom der Shawnee fällt. Tecumseh wird auf sie warten.«

Nach diesen Worten, denen die anderen schweigend zustimmten, entfernte sich der Sprecher mit großer Schnelligkeit, aber völlig geräuschlos durch das hier in der Nähe des Stromes sehr hohe Präriegras nach Norden davonkriechend. Die drei anderen beobachteten, im Grase geborgen, die Prärie. Es dauerte nicht lange, da hörten sie von den Bäumen her Tecumseh rufen. Sie ritten zu ihm, der wieder unter die Bäume zurückgetreten war, und fanden drei Krieger bei ihm, die Cornstalk, der Häuptling, an dieser Stelle zurückgelassen hatte, um auf sie oder auf weiße Verfolger zu warten.

Eine kurze Beratung folgte, dann entfernten sich die drei Boten des Stammes und schwammen mit ihren Pferden, die, von einem weiteren Shawnee bewacht, im seichten Uferwasser des Flusses gestanden hatten, über den Ohio. Sie nahmen die vier ledigen Pferde mit, die der umsichtige Häuptling für Tecumseh und seine Gefährten in der Prärie zurückgelassen hatte. Falls sie von weißen Männern verfolgt wurden, sollten diese glauben, sie hätten es nur mit den vier Jägern des Gelben Haares zu tun.

Tecumseh führte seine Begleiter etwa fünfhundert Schritt im Busch nach Süden. »Die weißen Männer sind kühn wie die Bären des Gebirges, aber sie sind dumm. Sie verstehen Bäume zu fällen und Häuser zu bauen, aber sie kennen nicht die Klugheit der roten Leute. Sie werden auf der breiten Fährte reiten, sie werden unter die Bäume laufen, ohne anzuhalten.

Die Shawnee aber werden von ferne sehen, was sie tun, und werden dann Cornstalk sagen, wie viele weiße Männer kommen.«

Sie hielten unter einer großen Platane, die hier einsam am Rande des Gehölzes stand. Es war einer jener eigenartig geformten Bäume, die am Boden schwächer, einige Fuß darüber aber sehr dick sind; bis zur Höhe von etwa zwanzig Fuß behalten sie ihre Dicke, und von da an teilen sie sich in mehrere gleichmäßig starke Äste. Die Platanen sind an den Ufern des Ohio nicht selten. Der Baum, unter dem die Shawnee standen, hatte an seiner dicksten Stelle einen Umfang von mindestens vierzig Fuß.

Die Ereignisse spielten sich nun schnell nacheinander ab. Die beiden Reiter, die sich auf der breiten Fährte dem Walde näherten, wurden von den Indianern gleichzeitig bemerkt. Sie kamen

21

in scharfem Trab herab, hielten in einiger Entfernung plötzlich an, man sah alle Zeichen einer lebhaft geführten Beratung, und dann bogen sie in langsamem Schritt nach Süden ab, fortwährend scharfe Blicke nach der Stelle werfend, an der die Spur in den Busch führte. Sie folgten damit dem Rate Friedrich Wagners, für den er vom Roten Tom belobt worden war. Die Weißen hofften, auf diese Weise die wahrscheinlich im Walde lauernden Roten mehr nach Süden zu ziehen und sie näher an den Roten Tom und dessen Schar heranzubringen. Sie ritten absichtlich langsam, hielten sogar einigemale ihre Pferde an und berieten miteinander. So verging eine ziemliche Zeit, bevor die Reiter näher kamen. Über das Gesicht der vier Roten huschte ein geringschätziges Lächeln. »Diese Blaßgesichter, die in den Häusern beinander wohnen, sind junge Hunde ohne Verstand«, bemerkte der eine. Er hatte trotz der noch großen Entfernung erkannt, daß die beiden Reiter Bauern und nicht Jäger waren.

Der Indianer hatte recht: Entweder mußten die Weißen außer Sicht des Waldes warten, bis die Nacht die Annäherung ermöglicht hätte, oder sie hätten im schärfsten Galopp auf das Gehölz zureiten müssen, um so Feinden, die etwa am Rande lauerten, sich aber im Walde nur zu Fuß fortbewegen konnten, wenn sie nicht gesehen werden wollten, durch die Schnelligkeit ihrer Pferde zuvorzukommen. Freilich mußten sie dann damit rechnen, direkt auf den Feind zu stoßen. Aber diese Gefahr wäre immer noch geringer gewesen als die, in die sie sich jetzt begaben. Denn durch die langsame Art ihrer Annäherung ermöglichten sie es etwaigen Gegnern, sich auch zu Fuß an die Stelle des Waldrandes zu begeben, auf die sie zuritten.

Die beiden Reiter kamen unwillkürlich auf die Platane zu, weil sie hier der höchste Baum war; die vier Indianer sahen sich gegenseitig an, faßten Messer und Tomahawk und glitten ins Gebüsch; aber – der Rote Tom hatte sie schon längst erblickt.

Bis jetzt war alles glatt verlaufen; wie Tom mit seinen Gefährten aber an die vier Shawnee herankommen sollte, ohne gehört zu werden, das wußte er selbst noch nicht. Schon war er entschlossen, die Gewehre zu gebrauchen, da begann Wulf laut zu sprechen.

»Hier ist keine Gefahr, Friedrich. Aber ich wette meinen roten Ochsen gegen einen Ziegenbock: dort, wo die Spur in den Wald führt, warten die vier Schufte auf uns.«

Wagners Pferd bäumte sich plötzlich auf, wieherte und stampfte mit den Füßen, der junge Wagner sprang ab und kitzelte noch einmal sein Pferd mit dem Messer – was die Shawnee freilich vom Walde aus nicht sehen konnten. Jetzt schlug der Braune nach hinten aus, stieg dann vorne hoch, aber Friedrich Wagner riß ihn am Zügel mit lautem Fluchen wieder herunter. Auch Wulfs Pferd wurde, von seinem Reiter ebenso heimlich gereizt, unruhig, begann zu tänzeln und zu stampfen, so daß auch der ältere Bauer absteigen mußte. Nun zog jeder sein Pferd rücksichtslos hinter sich her in den Wald . . .

Die vier roten Krieger hatten sich geteilt, sie hatten nur Augen und Ohren für das Schauspiel vor ihnen und hörten nichts von den leisen Geräuschen hinter sich, die im Stampfen und Wiehern der Pferde, in den zornigen Worten der beiden Männer untergingen. Mit aufmerksamen Blicken und gespannten Gliedern, sprungbereit, kauerten sie hinter niedrigen Sträuchern – schon maßen sie die Entfernung mit den Blicken, schon öffneten sich ihre Lippen zum Kriegsgeschrei –, da fühlten sie sich plötzlich zu Boden gedrückt, von harten Fäusten ergriffen, von klammernden Armen umfaßt. Wütend bäumten sie sich auf – aber ein Indianer gegen vier bis fünf weiße Jäger und Bauern ist ein verlorener Mann.

Da stieß ein Shawnee, aufrecht stehend, noch im wütenden Ringen mit seinen Gegnern, aber doch schon halb gefesselt – es war Tecumseh – mit voller Kraft seinen Kriegsruf hinaus, dem Flusse zugewandt. Ein Fußtritt des Roten Tom schleuderte ihn einige Schritte ins Dickicht hinein, in dem er sich sofort mit raschen Bewegungen fortrollte, obwohl er an den Füßen gefesselt war und auch die Hände ihm auf den Rücken, obgleich nur ganz lose, zusammengebunden waren.

Es half nichts; drei Jäger drangen ihm nach und holten ihn zurück. Auch ihm wurde ein Knebel in den Mund gesteckt, den die anderen drei bereits trugen. »Ihr werdet nicht mehr lange schreien, meine Freunde«, sagte höhnisch der Rote Tom und deutete mit bezeichnender Gebärde auf die Äste der Platane.

Obwohl die ersten Schatten der Dämmerung, besonders hier unter den Bäumen, schon dichter zu werden begannen, sah man doch, wie die Shawnee erschraken. Nichts ist schimpflicher für einen Indianer, als gehenkt zu werden.

»Jawohl«, wiederholte der Rote Tom, »würde meinen, daß Pferdediebe an die Bäume gehören.« Dann wandte er sich zu den Gefährten; nach kurzer Besprechung wurde Hinnerk Wagner mit einigen Begleitern ausgeschickt, die Pferde heranzuholen, die man in einer Mulde zurückgelassen hatte. Die Jäger wandten sich in den Wald, um nach weiteren Indianern zu spüren, die Bauern blieben bei den Gefangenen, die gefesselt am Boden lagen und mit verschlossenem, finsterem Gesichtsausdruck ihrem Schicksal entgegensahen.

Friedrich Wagner wandte sich zu ihnen und fragte in englischer Sprache: »Wer unter euch ist Tecumseh?«

Die Roten rührten sich nicht.

»Ist Tecumseh ein feiger Kojote, daß er nicht wagt, seinen Namen zu nennen?« fuhr Wagner nach einer Pause fort. Wütend fuhr einer der Indianer hoch, aber die Fesseln warfen ihn wieder zurück. Der Weiße ging auf ihn zu: »Du also bist Tecumseh.« Er ließ sich vor ihm nieder und betrachtete ihn.

Tecumseh, der später eine so große Berühmtheit unter den Weißen aller Staaten der Union erlangte, war damals nicht ganz zwanzig Jahre alt. Er war ein einfacher Krieger, und dies war sein erster Zusammenstoß mit einem Weißen gewesen. Er trug noch keine Feder im Haar, hatte auch noch keine der Siegestrophäen, mit denen die Indianer den Gürtel und die Nähte ihrer Pantalons zu schmücken pflegten. Er trug wie seine Gefährten hirschlederne, mit bunten Farben verzierte Leggins. Sie bedeckten den ganzen Oberschenkel, das Knie und die Wade bis zum Knöchel. An den Füßen trug er lederne, mit Stachelschweinborsten bestickte Mokassins, die an den Fesseln mit Büffelsehne zugebunden waren und gerade noch den unteren Rand der Leggins bedeckten. Diese hielt am oberen Ende je ein seitlich angenähter breiter Lederstreifen am Gürtel fest. Um die Hüfte trug er das Fell eines Bergschafes. Ein breiter Gürtel aus Büffelleder vervollständigte seine Kleidung. Der Oberkörper war unbedeckt.

Tecumseh war kräftig und wohlgebaut; seine breite, gewölbte Brust verriet eine gesunde Lunge, und man sah ihm an, daß er ein ausdauernder, schneller Läufer und ein sehr gewandter Kämpfer war. Neben dem großgewachsenen Bauern sah er freilich fast klein und zierlich aus.

Er hatte ein von scharfem Verstande zeugendes Gesicht mit offenen und ehrlichen Zügen. Das starke Kinn und die geschlossenen, schmalen Lippen sprachen von unerschütterlicher Energie, von jener beherrschten, höheren Willenskraft, denen dieser große Indianer die Erfolge seiner späteren Jahre verdankte. Seine dunklen Augen blickten auf seinen Betrachter mit einem gleichgültigen und düsteren Feuer, hinter dem er seine wahren Gedanken so meisterhaft zu verbergen verstand. Er trug sein schwarzes Haar wie seine Gefährten am Hinterkopf ungeschoren, im Genick zu einem Knoten gewunden, während der vordere Teil des Schädels nach der Gewohnheit der Shawnee bis zu einer Linie von Ohr zu Ohr vollständig kahl war.

Friedrich Wagner sah seinen Gegner mit steigendem Erstaunen, ja, mit Bewunderung an. Dann sagte er: »Versprichst du mir, kein lautes Zeichen zu geben, solange ich mit dir rede?«

Der Indianer gab sein Einverständnis mit einem Wink der Augen zu verstehen; Wagner nahm ihm den Knebel aus dem Munde, und nun gab der Shawnee sich zu erkennen:

»Tecumseh weiß nicht, was Angst ist. Er hat seinen Feinden noch niemals seinen Rücken gezeigt!«

Wagner verstand den Stich, aber er lachte. »Du bist Tecumseh, und du wirst heute nicht sterben.« Er hatte erfahren, was er wissen wollte, der Rote aber sprach weiter: »Der große Geist allein weiß, wann er Tecumseh in die ewigen Jagdgründe abruft. Aber wenn das Gelbe Haar ein Krieger ist, dann läßt er nicht zu, daß den roten Männern der Strick um den Hals gelegt wird. Sie sind Krieger und wollen als Krieger sterben und nicht wie die Biber in den Fallen der weißen Jäger.«

Wagner entgegnete nichts, und da auch der Indianer nichts mehr sagte, knebelte er ihn von neuem.

Inzwischen war Hinnerk Wagner mit den Pferden zurückgekommen, auch die Jäger kamen nacheinander, die letzten schon bei voller Dunkelheit, und meldeten, daß keine Indianer mehr am diesseitigen Ufer zu finden seien. Man brannte ein kleines Feuer an, briet das Fleisch, das die Reiter in den Satteltaschen mitgenommen hatten, einige der Männer reichten Whiskyflaschen im Kreise herum, und dann begann man über das Schicksal der Gefangenen zu beraten. Der Rote Tom führte das große Wort, er verlangte den sofortigen Tod der vier Indianer.

Jetzt zum erstenmal verließ Jean Martin, der als einziger von den Jägern den Whisky fast ganz verschmähte, seine bisherige Zurückhaltung. Er fuhr auf und sagte erregt:

»Nom d'une pipe, vous êtes fous, you're mad. Ihr seid toll. Ihr seid verrückt. Pourquoi wir sind geritten 'inter die Indianer? Zu maken eine Mord? Oder zu 'olen die Pferde von diese bonhomme là, von Monsieur Wagner? Jetzt wir 'aben, wir 'aben – nom d'une pipe, wie man sagt en anglais . . . in Englisch auf diese . . . jetzt wir haben die Geiseln, comprenez-vous? Jetzt wir können maken Bedingungen, verstanden? Jetzt wir können schicken un des Indiens, einen von diese vier zu dem Dorf, und wir können sagen: Gebt uns zurück les chevaux, die Pferde, dann wir geben zurück vos guerriers, eure Krieger.

26

Wir können wieder zurück zu die rivière bleue, zu die Blaue Fluß, und die Pferde werden kommen deux jours plus tard, ßwei Tage später.«

Jean Martin fand nur bei Hinnerk Wagner, dem jüngsten Mitglied der Schar, Zustimmung. Alle anderen sprachen dagegen. »Pferdediebe gehören an die Bäume«, das war die allgemeine Ansicht.

Hinnerk Wagner wußte nicht, was er dagegen sagen sollte. Jean Martin, der kleine Coureur*, aber sah seine Gefährten nachdenklich, erstaunt an, er spielte mit seinem Messer, sein Gesicht wurde finster, während der Streit um ihn her schärfere Formen annahm. Schließlich aber streckte er sich mit einem Achselzucken wieder ins Gras und aß weiter, ohne zunächst noch ein Wort zu sagen. Die Bauern stimmten mit Friedrich Wagner, dem er so große Schonung bewiesen hatte, für die Freilassung Tecumsehs, und die Jäger gaben schließlich widerstrebend nach. Dafür sollten aber die anderen drei sofort gehenkt werden. Die Bauern sprachen dagegen, sie wollten die Nacht nicht zusammen mit Gehenkten zubringen, und einige der Jäger stimmten ihnen bei. Diese Leute hatten wohl sämtlich keinen Glauben mehr, um so stärker aber war der Aberglaube bei ihnen.

Der Rote Tom gab sich nicht zufrieden, und er fand heftige und lärmende Unterstützung bei dem zweiten Franzosen, Michaud, der auf sofortige Vollstreckung des Urteils drang und dabei fortwährend, wie alle übrigen Jäger mit Ausnahme seines Landsmanns, der lang entbehrten Whiskyflasche zusprach.

Diese Jäger lebten, solange sie in den Wäldern jagten, notgedrungen monatelang ohne Branntwein; sie hatten in der Ansiedlung am Blauen Fluß nicht versäumt, sich mit dem lange und bitter vermißten Naß wieder gründlich zu versorgen, und sie unterlagen jetzt dem Schnaps sehr schnell, gerade weil sie sonst enthaltsam lebten.

---

* So hießen die französischen Waldläufer damals, um 1800, in Amerika.

Der Streit wurde unter Einwirkung des Feuerwassers immer lauter und erregter. Schließlich gab die ruhige Mehrzahl der lärmenden, schimpfenden, schreienden Minderheit nach. Noch einmal sprach das Gelbe Haar für Erschießen, aber der Rote Tom sprang auf und brüllte, alle seine Vorsicht vergessend:

»Würde meinen, Pferdediebe gehören an den Galgen. Würde meinen, wenn sie den Strick nicht um den Hals wollen, binden wir ihn um die Füße. Würde meinen, wir fangen an.«

Einige der Jäger, besonders Michaud, standen, zum Teil schwankend, auf und wollten mit den Vorbereitungen beginnen, als Jean Martin, ruhig und in weit besserem Englisch als gewöhnlich sagte: »Ihr seid Toren! 'enkt, spießt oder erschießt, wenn tot dann tot, tout égal, aber dann morgen, nicht 'eute, wenn aber 'eute, dann laßt erst laufen Tecumseh – oder ihr alle 'abt eure Skalps in vier Wochen verloren.«

»Tout right, tout right. Venez, Tom, wir gehen lassen laufen Tecumseh«, sagte Michaud, mit den Augen zwinkernd.

Der Rote Tom erwiderte den Blick, da aber stand Friedrich Wagner auf und sagte nachdrücklich: »Ich gehe mit.« Hinnerk Wagner und Konrad Wulf erhoben sich und sagten in demselben festen Ton: »Wir auch.«

Der Rote Tom und Michaud, die gehofft hatten, die Bauern, die sie im Grunde wegen ihrer seßhaften, ordentlichen Lebensweise verachteten, vor eine vollendete Tatsache stellen zu können – was galt ihnen schon ein Indianer! –, sahen sich getäuscht, konnten nun aber auch nicht mehr zurück. Die fünf Männer nahmen Büchse und Messer, gingen zu Tecumseh, befreiten ihn von seinen Fußfesseln, drohten ihm Schweigen an, dann faßten ihn zwei der Weißen fest am Handgelenk, und so gingen sie in die Prärie hinaus.

Jean Martin, der zweite Franzose, der die Absicht seines Landsmanns und des Roten Tom auch verstanden hatte, sagte, zu den Bauern gewandt:

»Serr dumme Tat. Jetzt viel besser andere auch laufen lassen. Mais quoi – moi je m'en fiche«, und aß an seinem Braten weiter.

28

Als die Weißen Tecumseh in der Prärie frei ließen, sagte Friedrich Wagner zu ihm: »Wir sind quitt, Shawnee. Beim nächsten Mal trete ich nicht für dich ein.« Er prüfte, so gut es in der Dunkelheit ging, die Armfesseln des Indianers, auch der Ire warnte ihn, sich noch einmal vor seiner Büchse sehen zu lassen, dann kehrten sie zum Lager zurück.

Tecumseh sagte wie bisher kein Wort. Er blieb einige Augenblicke regungslos stehen, dann machte er einige lange Sätze in die Prärie hinein und warf sich zu Boden. Im selben Augenblick krachte ein Schuß aus der Richtung, in der die Weißen soeben im Dunkel der Nacht verschwunden waren. Michaud hatte jetzt, wo die drei Deutschen nicht auf ihn achtgaben, die Gelegenheit, einen Schurkenstreich zu versuchen, nicht vorübergehen lassen. Diese Jäger schossen so gut, daß der Indianer wahrscheinlich getroffen worden wäre, hätte er den Platz nicht gewechselt. Michaud war seiner Sinne nicht mehr ganz mächtig, und er schwankte leicht beim Gehen, aber wenn er das Gewehr im Anschlag hatte, stand er wie ein Baum.

Zornige Ausrufe der Bauern, dann Stille. Tecumseh rührte sich nicht. Schließlich hörte er die Weißen in ärgerlichem Wortwechsel fortgehen. Auch den Siedlern galt ein Indianer nicht viel, sie hatten, wie sie glaubten, ihre Pflicht getan. Der Shawnee befreite sich von seinen Armfesseln, die einer der Gefangenen ihm schon halb gelöst hatte, während die Weißen aßen, und sprang dann in langen Sätzen über die Prärie, in leichtem Bogen zum Lager der Weißen zurück. Sein untrüglicher Ortssinn führte ihn, und bald sah er auch den Widerschein des kleinen, hinter Gebüsch halbverborgenen Feuers. Noch besser fast führte ihn das erregte Gespräch der Männer, das in der Stille der Prärie, von dem Walde hinter ihnen zurückgeworfen, weit hörbar war.

Ein verächtliches Lächeln spielte um die Lippen des waffenlosen, zwanzigjährigen Indianers. »Diese weißen Männer sind Knaben.«

Er schlich so nahe heran, daß er sie zählen konnte. Sie waren sämtlich am Feuer versammelt. Wieder lächelte er geringschätzig. Dann tauchte er in das Gebüsch. Langsam und vorsichtig, den Lichtkreis des Feuers sorgsam meidend, huschte er näher. Er wußte genau, wo er überwältigt worden war; dort mußte sein Messer noch im Boden stecken. Leise schlich er heran, kein Auge von den Weißen am Feuer lassend, mit gespannten Sinnen nach allen Seiten horchend. Es war still im Walde, aber sehr laut dort am Feuer. »Die weißen Weiber müssen immer schwatzen. Dies ist keine schwere Tat, ein Knabe könnte sie tun.«

Er faßte sein Messer, es stak noch an derselben Stelle, und zog sich lautlos in das Dunkel des Waldes zurück. Jetzt lag er schon im Schatten der Platane, fünf Schritte von seinen roten Brüdern entfernt; sie waren noch nicht gehenkt worden. Dieser Schimpf war seinem Stamme erspart geblieben. Tecumseh, der leidlich Englisch verstand und die Beratungen also mitangehört hatte, hatte gehofft, daß die Weißen warten würden, bis der Rote Tom und seine Begleiter zurückgekehrt wären. Diese Hoffnung hatte ihn nicht getäuscht, wenngleich das nur dem energischen Dazwischentreten der Bauern zu verdanken war.

Mit peinlichster Vorsicht, jeden Zweig aus dem Wege räumend, den Boden genau abtastend, aber doch schnell und entschlossen, schob der tapfere junge Krieger sich vorwärts. Jeder Augenblick konnte kostbar sein. Nun war er so weit, daß er den ihm zunächst liegenden seiner Genossen mit der ausgestreckten Hand berühren konnte. Drei leise geflüsterte Worte, dann schnitt er die Armfesseln durch. Eine kurze Pause, Tecumseh war noch immer unbemerkt, er schob sich weiter, nun schnitt er auch die um die Füße gebundenen Riemen durch – dann drückte er dem Befreiten das Messer in die Hand.

»Mein Bruder Kish-kalwa* befreie jetzt auch Ein Pfeil und Peta-Kuta**. Tecumseh wartet im Walde.«

* Dem-der-Mond-freundlich-ist
** Fliegende Wolken

Er schob sich in den tiefen Schatten zurück; gerade in diesem Augenblick trat der Rote Tom mit Michaud und den drei Bauern in den hellen Schein des Feuers. Sie fanden die Jäger in leisem, aber sehr heftigem Wortwechsel mit den Bauern, die schützend einige Schritte vor den roten Gefangenen standen – ohne zu ahnen, was hinter ihnen vorging. Einzig Jean Martin lag unbekümmert und allein am Feuer, er schlief.

»Männer, ihr schreit, daß man euch drei Meilen weit hört. Würde meinen, ihr wollt eure Skalps verlieren.«

Die Bauern, die einige Schritte vor den Gefangenen gestanden hatten, gingen nun wieder auf das Feuer zu. »Wir wollten warten, bis Ihr wieder da seid, Konrad Wulf. Diese hier aber wollten die Roten gleich hängen, als Ihr kaum fort wart.«

Michaud drückte dem Sprecher lärmend die Hand: »Sacré nom de dieu! Ihr habt recht, Ihr seid mein Freund, sal Allemand! Indianer 'ängen und der Indianer-'enker nicht dabei – da gibt's nix.«

Seine Worte riefen Erstaunen, Bewunderung und – bei Hinnerk Wagner – Abscheu hervor. »Ihr seid der Indianer-Henker?« Die Männer drängten sich an ihn heran und sahen ihn neugierig an, musterten sein Gesicht, befühlten seine Kleidung, als könnten sie daran äußere Kennzeichen des finsteren Ruhmes bemerken, der diesem Tier- und Menschentöter anhaftete. Aber selbst wenn das bei Tage möglich gewesen wäre, bei Nacht sah er aus wie jeder andere Jäger auch.

Eine Zeitlang ließ der Franzose sich das Gedränge, die Fragen, die Ausrufe gefallen, dann aber teilte er den Haufen mit den Armen und rief: »Où sont ces chiens? An den Baum mit ihnen. Diese drei entgehen mir nicht.«

Jetzt wagten auch die Bauern nicht mehr zu widersprechen. Diesen Mann wollte keiner zum Feinde haben. Sie gingen ihm nach zu den Gefangenen . . .

Aber die Indianer waren nicht da, nur die zerschnittenen Riemen wurden gefunden.

Michaud, der Rote Tom und die übrigen Jäger fluchten. Sie machten ihren Kameraden, vor allem aber den Bauern und ganz besonders Friedrich Wagner die schlimmsten Vorwürfe. Der Indianer-Henker in seiner Wut zog sein Messer und wollte sich auf den älteren Wagner stürzen, dem er als dem Befürworter der Freilassung Tecumsehs alle Schuld beimaß. Aber die finstere Ruhe, die der bewahrte, brachte ihn zur Besinnung.

Jean Martin war von dem Lärm aufgewacht, trat heran, und kaum sah er, was geschehen war, da überbrüllte er den Lärm: »Silence! Be quiet! Ruhe!« Und in die nun eintretende Stille flüsterte er: »Mais vous êtes des enfants, ihr seid Kinder... schweigt still und 'orcht...!«

Aber es war schon zu spät, die Indianer waren schon zu weit, es war nichts mehr zu hören.

Da lief Michaud zum Feuer und warf trockenes Laub und Nadelholz hinein. Prasselnd stieg die Flamme hoch, aber so weit ihr Schein auch durch die Stämme leuchtete, die Indianer waren nicht mehr zu sehen. An eine auch nur halbwegs aussichtsreiche Verfolgung in der Nacht war nicht zu denken.

Indessen watete Tecumseh mit den von ihm Befreiten schon im seichten Uferwasser des Ohio schweigend und vorsichtig stromauf. Sie wollten gegenüber am Steinigen Wasser landen, und sie mußten eine lange Strecke aufwärts waten, wenn sie nicht zu weit abgetrieben werden wollten.

Bevor sie sich aber in das tiefe Wasser gleiten ließen, sagte der, den er mit Kish-kalwa angeredet hatte, zu Tecumseh, indem er ihm die Hand auf die Schulter legte: »Mein Bruder möge hören: Der Lahme Fuß ist der weiße Schuft, der Tecum-Hato und Traumauge ermordet hat.«

Mit einem heftigen Ruck drehte sich der Angeredete um, packte den Sprecher und zischte: »Spricht Kish-kalwa wahr?«

»Kish-kalwa spricht wahr; er hat den Mörder erkannt.« Auch Peta-Kuta bestätigte die Aussage.

Regungslos stand Tecumseh, er sah über die gurgelnde Wasserfläche. Dann sagte er: »Welcher von meinen Brüdern hat das Messer, mit dem Tecumseh sie befreite? Meine Brüder werden am Steinigen Wasser auf den Rächer Tecum-Hatos warten, bis die Nacht kürzer wird. Dann mögen sie zu Cornstalk reiten.«

Keiner versuchte ihn zurückzuhalten. Er nahm das einzige Messer, das die vier noch besaßen, und verschwand im Dunkel des Ufergebüsches. Die drei übrigen Shawnee ließen sich lautlos in den Fluß gleiten und waren im Dunkel verschwunden.

Der junge Indianer lag neunzig Fuß vom Lagerfeuer der Weißen entfernt im hohen Präriegras. Er hatte den Uferwald des Ohio durchschritten, war dann geradeaus in die Ebene hinaus und dann weit draußen die Strecke wieder zurückgelaufen, die er vorher im Uferwasser des Ohio stromauf gewatet war. Nun lag er schon eine Stunde im Gras, ohne sich auch nur einmal geregt zu haben. Weiße Jäger, selbst die berühmtesten, hätten das niemals fertig gebracht. Auch unter den Indianern gab es nur wenige, die einer solchen Selbstbeherrschung fähig waren. Gleich bei seiner ersten Kriegstat zeigte Tecumseh, was für ein Krieger er sein würde, wenn seine Erfahrung erst so groß war wie jetzt seine Jugend.

Die rechte Hand umklammerte das Messer, das linke Ohr hielt er zum Boden geneigt. Kein Geräusch in der letzten Stunde war ihm entgangen, und er wußte jetzt, daß die Weißen klüger geworden waren und drei Wachen aufgestellt hatten. Zwei davon waren ungefährlich: Sie standen am Waldrand und bewegten sich alle Augenblicke einmal, und wenn sie auch glaubten, sehr vorsichtig zu sein, so sagte das Geräusch von ihren Füßen, das Knacken trockener Äste dem jungen Indianer doch ganz genau die Stelle, an der sie standen. Das mußten zwei von den Bauern sein.

Um so gefährlicher aber war der Posten; er lag in der Prärie, höchstens zwanzig Schritte von ihm entfernt, halb links hinter ihm. Er hatte sich in der langen Zeit, in der Tecumseh lauschte, dreimal kaum hörbar gerührt. Aber das hatte in der Stille der

33

Nacht für den Indianer genügt, die Lage auch dieses Postens festzustellen. Ein Mann, der eine volle Stunde lang im Grase lag und sich so wenig bewegte, mußte ein schrecklicher Gegner sein. Aber einen Fehler hatte er doch gemacht: er hatte sich zu weit in die Prärie hinausgelegt. Das war richtig, wenn er den Angriff einer großen Indianerschar erwartete; dann mußte er sie rechtzeitig bemerken. Aber niemals konnte er von dieser Stelle aus einen einzelnen Mann daran hindern, das Lager zu beschleichen, wie Tecumseh es tat. Freilich, woher sollte er wissen, was den jungen Krieger trieb? Kein Indianer, der auch nur halb bei Verstand war, wagte sich an ein Lager von zwanzig schwerbewaffneten Weißen heran, von denen die Hälfte erprobte, in allen Schlichen des Waldes und der Prärie erfahrene Jäger waren.

Aber Tecumseh hatte seinen Bruder und seine Schwester zu rächen, und so ruhig er sich verhielt, so rasend kochte sein Blut in den Adern. Traumauge, seine liebliche Schwester, stand vor ihm, die ein Weißer wegen eines Biberfelles ermordet hatte ... und dieser Weiße lag dort am Feuer und schlief.

Jetzt begann er langsam sich vorzuarbeiten. Jede seiner Bewegungen, auch die allerkleinste, überprüfte er ständig selbst, ob sie hörbar war. Er hielt sich nach rechts, um die Entfernung zu dem schweigenden Gegner hinter sich zu vergrößern. Die ersten zwanzig Schritt waren die gefährlichsten, und Tecumseh brauchte eine volle Viertelstunde dazu, sie zurückzulegen. Das Feuer war fast heruntergebrannt; es war zwischen Büschen angelegt, damit es nicht zu weit leuchten konnte. Diese Büsche warfen auch lange Schatten, und auf einem dieser dunkleren Streifen schob sich langsam, lautlos das Schicksal des Indianer-Henkers heran.

Dieser Mann rühmte sich, seit seinem Erscheinen an der Grenze über dreißig Indianer getötet zu haben. Er war berühmt und berüchtigt wegen seines Mutes und seiner Schandtaten, aber er war schlau und – feig genug, sich gegen weiße Leute niemals gewalttätig zu benehmen. Dennoch hatte er auch den

Tod manches braven und manches schlechten weißen Mannes auf dem Gewissen. Die Indianer, durch seine Grausamkeiten gereizt, unterschieden nicht mehr zwischen schlechten Weißen und guten Weißen und erschlugen auf ihren Rachezügen, wer ihnen in den Weg kam. Der Indianer-Henker war dann meistens schon weit entfernt von dem Orte seiner letzten Gewalttat, an dem er, wenn er irgend konnte und nicht gestört wurde, seine Opfer stets, selbst wenn sie schon tot waren, an Bäumen aufhing. Er gehörte zu den Weißen, die Skalpe nahmen.

Und jetzt lag sein Leben in der Hand eines zwanzigjährigen Indianers, der nur wußte, daß er der Mörder seiner Geschwister war.

Die vier Shawnee hatten sich während ihrer Gefangenschaft die Gesichter der weißen Männer gut eingeprägt. Ihnen war auch sofort aufgefallen, daß einer der Jäger, als er vom Pferde stieg, leicht hinkte. Diesen Mann hatte auch Tecumseh, vielleicht zuerst wegen seines Fehlers, besonders scharf beobachtet.

Als er jetzt in dem Schatten des Gebüsches die Schläfer belauerte, konnte er ihn nicht entdecken – und sofort dachte er an den Posten in der Prärie. Aber der Lahme Fuß hatte viel Feuerwasser getrunken, das wußte er – und ein Mann, der Feuerwasser getrunken hatte, lauerte nicht wie der dort hinten in der Prärie.

Der Shawnee lag regungslos und lauschte mit allen Sinnen – es war ihm, als höre er rechts von sich, tiefer im Walde, den Atem eines Schlafenden.

Die Erregung, die ihn vorhin völlig beherrscht hatte, war gewichen, er dachte nicht mehr an seine ermordete Schwester, er war nur noch der Jäger, der ein Wild beschleicht.

Unhörbar, langsam, Zoll für Zoll, unendlich vorsichtig, schob er sich nach rechts hinüber. Er lauschte nach vorn und nach allen Seiten, hielt sich stets im Schatten und machte, um einen Lichtstreifen zu vermeiden, einen Umweg, der ihn wieder eine Viertelstunde kostete.

Aber da drüben, das war kein Zweifel, dort lag noch ein Schlafender. Er sah ihn nicht, aber er hörte ihn jetzt ganz deutlich. Tecumseh hatte das Messer zwischen die Zähne genommen, um beide Hände frei zu haben, und schob sich näher.

Höchstens fünfzehn Fuß war er noch entfernt, als der Schlafende sich plötzlich bewegte, sein Kopf wurde vom Schein des Feuers getroffen – es war der Gesuchte. Das Feuer blendete ihn, er wurde unruhig, plötzlich setzte er sich schlaftrunken auf, murmelte einige Worte, griff mit den Händen in die Luft, als suche er etwas. Er öffnete die Augen, sein Tod lag ihm gegenüber, ein paar Schritte entfernt, aber er wußte es nicht. Tecumseh hatte die Augen fast geschlossen, er beobachtete den Indianer-Henker durch die Wimpern hindurch. Schon bei der ersten Bewegung des Weißen hatte er das Messer fallen lassen und seine Rechte über die Klinge gelegt, um jedes Blinken des Stahls zu verhindern.

Mit einem Seufzer legte sich Michaud wieder nieder, Tecumseh blieb ohne Bewegung. Nach wenigen Minuten schon zeigten ihm tiefe Atemzüge, daß der Franzose wieder schlief. Aber der Indianer wartete; solchen Listen war er gewachsen.

Endlich, nach langem, zähem Warten, als kein Zweifel mehr war, daß der Verhaßte wirklich schlief, nahm er sein Messer wieder zwischen die Zähne; einige Minuten später war er am Ziel. Er horchte angestrengt, die beiden Wachtposten waren noch an ihrem Platz, am Feuer schlief alles, dann noch ein langer Blick in den Wald, mit dem er sich den Weg für den Rückzug suchte. Er war kalt und ruhig, als hätte er einen Büffel vor sich.

Und nun beugte er sich über den Schläfer, setzte ihm das Messer an die Kehle – ein langer, tiefer Schnitt, er griff mit der Linken ins Haar des Jägers, dessen Körper noch ein paar wilde zuckende Bewegungen machte, drei kurze, kreisende Schnitte um die Kopfhaut, ein scharfer, kraftvoller Riß – der Skalp des toten Indianer-Henkers ist in der Hand Tecumsehs.

Der richtet sich auf, springt drei Schritte zurück, wendet, legt beide Hände vor den Mund, in der einen den triefenden Skalp des Getöteten, schrillt den schneidenden Kriegsschrei der Shawnee über das Lager . . .

Dann taucht er in den Wald.

Im Tal der hohen Felsen

Am Nachmittag des dritten Tages nach diesen Ereignissen ritt die Schar der weißen Bauern und Jäger in scharfem Trabe in einem engen, von einem kleinen Bach durchflossenen Felsentale nach Westen. Die ziemlich steilen, etwa zweihundert Fuß hohen Talwände waren in der Höhe mit Fichten und Tannen bestanden, tiefer unten wuchsen auf dem Rasen zwischen Felsblöcken auch einzelne Weiß- und Schwarzeichen, sogar Nußbäume und der Traubenkirschenbaum waren zu sehen. Die Talsohle selbst war unbewaldet.

Es lag eine tiefe Verstimmung über den Reitern, die besonders bei den lebhaften Jägern scharf zutage trat. Die Bauern, ohnehin schweigsam, hielten zurück und blieben, ob nur ganz unbewußt oder sogar aus irgendeiner Besorgnis vor ihren Genossen, das hätte sich schwer entscheiden lassen, stets zusammen. Ihr Mittelpunkt war Friedrich Wagner und vor allem Konrad Wulf.

Anfänglich war dieser überhaupt der stillschweigend anerkannte Führer der ganzen Schar gewesen. Aber als man sich auf der Fährte der Indianer befand, hatte der Rote Tom wie selbstverständlich die Leitung übernommen. Und nun war wieder ein Führerwechsel vor sich gegangen: An der Spitze des Trupps ritt, die Augen auf den Boden, nach vorn, nach den Seiten richtend, Jean Martin, der Franzose.

Er war schweigsam und zurückhaltend wie in den Tagen vorher, aber sein ganzes Wesen drückte seit dem Tode des Indianer-Henkers eine Willenskraft aus, und die wenigen Worte, die er sprach, eine Erfahrung, daß sich die übrigen Jäger vor ihm beugten. Sie hatten als Kenner des Waldes und der Prärie seine Überlegenheit bald erkannt und schämten sich auch verbissen ihres unglaublich unvorsichtigen Betragens an jenem Unglücksabend. Das Tal veränderte kaum merklich seinen Charakter, den es nun schon seit zwei Tagen gezeigt hatte. Der Wald zog sich ganz auf die Randhöhen zurück, die Talwände wurden steiler, die Talsohle, die neben dem kleinen Bächlein den Reitern gerade noch Platz bot, wurde allmählich vollkommen zum baum- und buschlosen Grasland, während die Hänge mit einzelnen Büschen, Blautannen und Blöcken besät waren.

Schließlich brach Jean Martin das Schweigen, indem er gleichzeitig anhielt: »Schwerer Fehler zu folgen Spur von diese vier Indianer. Wäre besser gewesen, nachjagen den Pferdedieben, aber nicht diesen armseligen jungen 'unden hier. Tout ça me semble, das alles mir scheint wie eine Falle. Ich schlage vor, wir kehren um, et cela tout de suite.«

Hitzig erwiderte der Rote Tom: »Ihr habt leicht reden, der großen Spur folgen. Habt Ihr ihre Spur vielleicht entdeckt? Sind wir nicht am Ohio vier Meilen stromauf und stromab geritten und sogar auf beiden Ufern? Haben wir nicht jeden Fußbreit Boden genau untersucht? Sind wir nicht jeden Bach aufwärts geritten, und zwar im Bett des Baches, wie es sich gehört?«

»Mais oui, mais oui«, unterbrach Jean Martin.

»Wir haben nichts gefunden, Ihr habt nichts gefunden – diese jungen Kerle hier müssen doch einmal zu ihrem Stamm zurück.«

»Und woher sie 'atten an die belle rivière* leurs chevaux, ihre Pferde?!!« fragte der Franzose.

»Ihr sagtet selbst, der Häuptling wird die Gäule für sie zurückgelassen haben.«

»C'est vous, das sagtet Ihr, Tom«, entgegnete ruhig Jean Martin, während Tom immer hitziger wurde. »Ein Indianer, der stellt Pferde unbewacht in den Ohio, während er doch 'atte so viele Leute, die sie konnten bewachen . . .«

---

* La belle rivière, den schönen Fluß – so nannten die Franzosen, Coureurs und Kolonisten damals den Ohio.

»Wir müssen den Indianer-Henker rächen«, schrie jetzt der Ire.

»Cette brute mir ist nicht wert ein 'aar auf meine Kopf; wenn die Roten ihn verlangten von mir, ich ihn 'ätte ausgeliefert ohne Besinnen.«

Dem Roten Tom, der schon in der Siedlung am Blauen Fluß zu Michaud gehalten hatte, stieg das Blut in den Kopf. Wütend griff er zum Messer.

»Der 'ahn meiner Büchse ist gespannt, Tom. Und macht 'ier keinen Lärm. Ich fürchte, ces rochers, diese Felsenwände da 'aben Ohren.«

Der Franzose sprach sehr leise, aber so nachdrücklich, von seinen ruhigen Augen ging eine solche Kraft aus, daß der Rote Tom still wurde.

»Ihr wollt rächen den Indianer-'enker. Aber der Rote, der ihn erschlug, est un maître de chasse, ein Meister, das sage ich euch, Männer. Eine Krieger, wie der da, läßt keine Spur zurück, daß sogar die Siedler, obwohl sie folgen zum erstenmal einem Indianer, sie können lesen. Solch eine Fährte ein Indianer nur tut, wenn er will, daß man sieht sie. Wir mußten folgen der Spur des 'äuptlings.«

Höhnisch warf der Rote Tom ein. »Wir mußten, wir mußten. Würde meinen, man muß die Spur erst haben, dann kann man ihr folgen. Wir haben sie nicht gefunden, darum mußten wir dieser hier folgen, wenn sie auch verflucht deutlich ist, da habt Ihr recht!«

»Können verschwinden fünfzig berittene Indianer mit dreißig gestohlene Pferde? Können fliegen die Shawnee? Ich 'abe gefunden die Spur; depuis trois minutes je le sais; seit drei Minuten ich weiß, wo ist »verschwunden« diese ganze dreimal verfluchte Bande.«

Er setzte seinen Gefährten seine Meinung auseinander. Der Rote Tom wurde nachdenklich, dann sah er das Tal hinab und hinauf, er blickte zur Höhe hinauf, die mit dichtem Wald bestanden war, dann sah er dem Franzosen in die Augen. Der nickte gelassen bestätigend, und der Ire wurde sehr nachdenklich. Die übrigen sahen seine Blicke, sahen seine gefurchte Stirn, und jetzt waren alle überzeugt, daß sie einer List zum Opfer zu fallen drohten. Freilich konnten sie auch nicht im entferntesten ahnen, welcher Art die Falle war, die ihnen von den Shawnee gestellt worden war.

»Männer, diese Felsenwände rücken zusammen immer enger. Bald werden genügen dreißig Rote vor und 'inter uns, gut verborgen derrière ces blocs, 'inter solche Blöcke, um uns zu erledigen, l'un après l'autre. Encore une fois: Schlage vor, wir kehren um, und das sofort!«

Jetzt erhob sich kein Widerspruch mehr. »'altet bereit eure Büchsen und Messer! Et maintenant, allez à l'est!« rief der Franzose, drehte seinen Gaul um, gab ihm die Sporen, und im Galopp und Trab ritten die Weißen wieder das enge Tal hinab, das sie eben erst heraufgekommen waren. »'altet eure Büchsen im Arm und die 'and am Drücker, sperrt die Augen auf – und reitet, was wollen die Pferde können! Wir müssen erreichen den Lagerplatz de ce matin, von 'eute morgen.«

Es war ein herzbeklemmender Ritt. Nach den Eröffnungen des kleinen Franzosen waren den weißen Männern die Augen aufgegangen. Jetzt sahen sie erst, wie eng das Tal war, wie steil die Felswände, wie gering die Deckung, die es ihnen bei einem Kampfe bieten konnte. Sie sahen aber auch, daß Feinde – wenn hier Feinde waren – nur ein paar Felsblöcke herunterzuwälzen brauchten, um ihnen den Weg nach vorwärts und rückwärts zu versperren, wenn sie nicht den viel einfacheren Weg wählten, die weißen Reiter unter Steinlawinen zu begraben. Sie sahen, daß die Shawnee, wenn sie von den Höhen herabstiegen, auf Schritt und Tritt hinter Felsblöcken, hinter Erderhebungen, hinter gefallenen und stehenden Bäumen die vollkommenste Deckung finden konnten, die sich denken ließ. Wieder zeigte sich ein eigenartiger Unterschied im Verhalten der beiden Teile des

Trupps: die Bauern ritten schweigend und finster dahin, die Jäger aber wechselten leise Worte, gestikulierten, trieben ihre Pferde bald an, bald zügelten sie sie und waren in ständiger, erregter Bewegung.

Einzig der Franzose an der Spitze ritt mit unbewegtem, ruhigem Gesicht dahin. Seine Augen nahmen den Raum voraus, er prüfte scharf und lange jede Falte der Randhöhen, jeden Baum, jeden Felsblock, aber nur, solange er entfernt war. Was in die Nähe rückte, verlor alles Interesse für ihn. An der Art, wie er sein Pferd behandelte, zeigte sich, daß er bei weitem der beste, überhaupt der einzige gute Reiter in der ganzen Schar war.

Die Lage wurde immer beklemmender, ungemütlicher, beängstigender. Je länger der Ritt dauerte, um so unbegreiflicher war den Weißen die Verblendung, mit der sie auf diese ganz gewöhnliche Indianerlist hereingefallen waren. Denn das war jetzt allen, sogar dem Roten Tom, der sich dieser Erkenntnis lange widersetzt hatte, klargeworden: Die vier Shawnee hatten in diesen letzten drei Tagen mit ihnen gespielt.

Es war, als seien sogar die Pferde von der Unruhe ihrer Herren ergriffen worden, sie gaben das Letzte her, ohne sich zu sträuben. Und da die Weißen jetzt nicht nötig hatten, sich an den Seitentälern damit aufzuhalten, welchen Weg die vier Roten genommen hatten, Untersuchungen, die bisher immerhin beträchtliche Zeitverluste zur Folge gehabt hatten, so kamen sie bei Anbruch der Dämmerung wirklich an den Platz, auf dem sie die Nacht zuvor zugebracht hatten.

Sie suchten ihr Lager unter einer überhängenden, halbkreisförmigen Felswand, legten weit davor zwei große Feuer an, stellten vier Wachen aus, die regelmäßig abgelöst wurden. Der Franzose schärfte ihnen ein, sich an den dunkelsten Stellen regungslos aufzustellen und nur von Zeit zu Zeit die Feuer mit neuer Nahrung zu versehen. Einige junge Fichten und Bergkiefern hatte er noch beim letzten Schimmer des Tages fällen lassen.

Jean Martin selbst begab sich in die Dunkelheit hinaus, legte sich dicht an einen Felsblock und lag dort die ganze Nacht, ohne einen Laut von sich zu geben, fast ohne sich zu rühren, mit geschlossenen Augen und nur auf seine Ohren vertrauend, ohne auch nur einen Augenblick einzuschlafen oder in seiner Wachsamkeit nachzulassen.

Die Nacht verlief ohne Zwischenfall, beim ersten Morgengrauen brach der Trupp wieder auf. War der erste Tag des Rückzuges schon im höchsten Maße bedrückend gewesen, so war er dieser zweite hundertfach.

An diesem Tage mußte der Angriff der Indianer erfolgen. Von Minute zu Minute erwarteten die Weißen, aus hundert Kehlen den schrillen Kriegsschrei zu hören, der sie nach dem Tode des Indianer-Henkers aus dem Schlafe geweckt hatte.

Die Spannung wurde so unerträglich, daß selbst Jean Martin seinen Gleichmut verlor. Von Zeit zu Zeit murmelte er: »Diable, diable!«

Einzig die Bauern sprachen kein Wort, hatten ihre Büchsen schußbereit vor sich im Sattel, sie drängten stets nach vorn und waren bereit, jeden Feind, der sich ihnen entgegenstellte, ohne Gnade über den Haufen zu reiten. Sie dachten an ihre Eltern, ihre Frauen und Kinder am Blauen Fluß. Ihre Gesichter waren blaß, ihre Lippen zusammengekniffen, und die Augen brannten düster.

Als die Sonne dem Untergang nahe war – in dem engen Tale herrschte schon lange graue Dämmerung –, begann sich allmählich die Hoffnung zu regen, daß der Rückzug gerade noch rechtzeitig erfolgt war. Der Rote Tom lachte plötzlich laut vor sich hin: »Würde meinen, die können dahinten noch lange warten.«

Und tatsächlich verging auch dieser Tag und die Nacht, die die Weißen in einer kleinen Höhle ohne ein Lagerfeuer zubrachten, ohne Störung. Diesmal schlief Jean Martin die ganze Nacht wie ein Klotz, tief in der Höhle, denn hier genügte eine Wache am Eingang vollständig.

»Jetzt wir 'aben noch einen Weg von drei Stunden«, sagte der Franzose am anderen Morgen beim Aufbruch, »dann wir sind in der Ebene, et alors, sie können kommen.«

Er hatte, gemeinsam mit dem Roten Tom, vorher noch die nähere Umgebung der Lagerstätte abgesucht und auch nicht die geringsten Zeichen der Anwesenheit von Indianern gefunden. Man war der Überzeugung, daß die Gefahr vorüber war, und daß, wenn wirklich noch ein Angriff erfolgte, die Roten blutig zurückgewiesen werden würden. Dabei hatte sich jedoch die Lage der weißen Männer keineswegs geändert. Allein die Erwartung, der Felsenfalle bald entronnen zu sein, ließ auch die Hoffnung entstehen, man könne einer Gefahr standhalten, die man am Tage vorher noch für unüberwindlich gehalten hatte. So leicht täuscht die Hoffnung über die wahre Lage hinweg. Immerhin aber hatte diese Anschauung eine gewisse Stütze darin, daß sich seit den Ereignissen am Ohio kein einziger Indianer mehr hatte sehen lassen.

Die drei Stunden flossen schnell dahin. Und dann sahen plötzlich die Reiter, die dem Franzosen folgten, wie er den Arm erhob und mit einem Jubelruf vorwärts sprengte. Die anderen drängten nach – da breitete sich die Enge ganz plötzlich zu einem sanft geschwungenen, von Büschen und Bäumen lieblich umstandenen Wiesental aus. Dahinter in der grünen Ebene schlang sich in der Sonne des frühen Vormittags das breite, glänzende Band des »Stromes der Shawnee«, von waldigen, niedrigen Hügelketten begleitet.

Sie sahen die kleine, einige Stunden weite, in leichten, grünen Wellen daherrollende Prärie, in der Tecumseh das Gelbe Haar gejagt hatte, wieder ausgebreitet vor sich liegen, von den Wäldern begrenzt, in denen der Ohio im Norden entstand und in die er sich wieder im Süden verlor, in ein Land, das zu jener Zeit noch kein Weißer, weder Jäger noch Händler, betreten hatte. Im Osten aber spannten sich über dem fast baumlosen Grün die blauen Bogen des Allegheny-Gebirges; eine Kette schob sich über die andere, jede höher als die vorige, jede von Wäldermeeren unbekannter Breite und Tiefe bedeckt. Da und dort reckte sich ein einzelner Gipfel weit über seine Nachbarschaft, bis hoch hinan vom Urwald überbraust, nur das Haupt kahler Fels. Der Indianersommer in seiner ganzen blauen Pracht lag über das Land gebreitet.

Auch nicht das geringste Anzeichen verriet den Reitern die Nähe ihrer Feinde, denen sie eben entronnen zu sein meinten.

Tecumseh war in der Zwischenzeit nicht untätig gewesen. In diesen Tagen erwarb er sich einen Namen, der späterhin auch in tapferen Herzen Angst und Schrecken verbreitete. Als er in jener Nacht mit dem Skalp des Indianer-Henkers aus dem Strome stieg, sagte er nur: »Der Lahme Fuß wird kein Mädchen mehr töten.«

Er schickte die vier Boten, die der Häuptling am Ohio zurückgelassen hatte und die nun gut ausgeruht waren, mit genauen Weisungen den Fluß hinauf. Im Bette eines kleinen Baches, einige hundert Meter entfernt, ritten sie eine größere Strecke entlang, und dann schlugen sie in einiger Entfernung am Ufer ein Lager auf, jedoch nicht so weit entfernt, daß die Weißen es nicht hätten finden können.

Es sollte alles den Eindruck erwecken, als seien die vier übermäßig ermüdet gewesen, so daß sie nicht die übliche Sorgfalt auf das »Auslöschen« der Spur verwandt hatten – und die weißen Verfolger, die am nächsten Morgen drei Stunden damit zubrachten, die Fährte des großen Trupps zu suchen, der sie am Tage vorher mit so leichter Mühe hatten folgen können, fanden nur die Spuren dieser vier. Sie folgten ihr schließlich, wenn auch mit Widerstreben, da sie doch irgendwann einmal zu dem Dorfe der Pferderäuber führen mußte. Natürlich nahmen sie an, Tecumseh mit den drei anderen vor sich zu haben, die sie am Abend vorher gefangengenommen hatten, denn von den Boten des Häuptlings wußten sie ja nichts.

Tecumseh aber ging mit Kish-kalwa und den beiden anderen das »Steinige Wasser« aufwärts, einen vier bis sechs Fuß breiten Bergbach mit felsigem Untergrund, der gerade gegenüber der Stelle in den Ohio mündete, an der am Tage vorher die fünfzig Shawnee mit den geraubten Pferden in den Strom geritten waren.

Cornstalk, ihr Anführer, hatte ihre Spur so gut ausgelöscht, daß selbst Jean Martin sie am nächsten Tage nicht hatte finden können. Auch Cornstalk war das »Steinige Wasser« hinaufgeritten, und die Indianer verstanden ihre Pferde so gut zu behandeln, daß auch nicht ein einziger Huf das moosbewachsene Ufer berührte und dort seinen Abdruck zurückließ. Allerdings hatte der Häuptling das nur dadurch erreicht, daß er seine Krieger diesen Ritt zweimal machen ließ – erst mit den erbeuteten Pferden, dann mit den eigenen. Dreimal mußten also fast alle Indianer den Weg durch das »Steinige Wasser« machen, zweimal zu Pferde und einmal zu Fuß. Das dauerte natürlich seine Zeit, und das war auch der Grund, warum Cornstalk mit so großer Eile schnurgerade über die Prärie gestoben war und warum er die vier Verfolger des Gelben Haars dort einfach ihrem Schicksal überließ. Als ihm der Fang Friedrich Wagners mißglückt war, ritt er sofort mit seiner ganzen Schar an den Ohio, da er ganz richtig vermutete, daß das Gelbe Haar nicht allein sein würde. Er wußte nicht, wie viele Weiße ihn verfolgten, aber er wußte, daß er einer größeren Anzahl in der Prärie nicht standhalten konnte. Außerdem war er von Anfang an nicht auf einen Kampf aus; sein wohlüberlegter Plan hatte ein weit größeres Ziel. Er wußte auch, daß er die Spur seiner fünfzig Leute in der offenen Prärie nicht verbergen konnte, und darum hielt er sich nicht mit nutzlosen Maßnahmen auf.

Tecumsehs Aufgabe war fast noch schwieriger: er mußte ebenso verschwinden wie Cornstalk, aber er mußte seinen Weg im Dunkeln finden.

Die vier Shawnee führten ihre Pferde am Zügel, schritten selbst voraus, und so ging es sehr langsam, sehr vorsichtig aufwärts. Jeden Schritt mußte der Fuß vorher abtasten, denn auch das geringste Stolpern konnte nicht bloß die eigene Spur, sondern auch die des Häuptlings und seiner Schar verraten. Es war eine sogar für indianische Geduld fast unerträgliche Leistung, ein ständiger Kampf gegen Dunkelheit, Ermüdung, gegen die Eiseskälte des Bergwassers und gegen das feurige Blut ihrer Mustangs, die immer wieder ausbrechen wollten.

Wenn die Jäger Tecumsehs Spur am nächsten Morgen nicht fanden, so muß doch zu ihren Gunsten gesagt werden, daß sie – auch Jean Martin – durch den schrecklichen Tod des Indianer-Henkers auf das äußerste erbittert waren. Sie suchten mit erhitztem Gemüt, und das schadete der Überlegung. Sie gaben sich also mit der Erklärung zufrieden, daß der ganze Trupp wahrscheinlich mit seinen Pferden den Ohio hinabgeschwommen war, und zwar so weit, daß ihre Verfolgung schließlich doch nicht so ratsam erschien wie die der vier Roten, deren Spuren sie einige hundert Meter oberhalb entdeckt hatten und unter denen sie überdies den Mörder ihres Kameraden vermuteten.

Außerdem widersprach die Annahme, ein Indianertrupp sei in einen Strom hineingeritten, auf dem anderen Ufer aus dem Wasser getreten und in der bisherigen Richtung weitergeeilt, allzusehr den indianischen Gepflogenheiten, als daß auch nur ein einziger Jäger ernsthaft die Mündung gerade des »Steinigen Wassers« untersucht hätte.

Die Nacht schritt für Tecumseh und seine Gefährten sehr langsam vor, mit der beginnenden Dämmerung wurde schließlich die Aufgabe leichter, aber Pferde und Menschen müder. Die Geduld und die Anspannung wollten nachlassen, die Pferde wurden widerspenstig, denn das Wasser des Bergbaches war von einer alles durchdringenden Kälte. Dennoch verließ Tecumseh das Bachbett erst an derselben Stelle, an der auch sein Häuptling es verlassen hatte. Es war schon heller Tag.

»Meine Brüder mögen ruhen, Tecumseh eilt zu Cornstalk.« Ohne ein weiteres Wort schwang er sich auf seinen Mustang, nahm einen zweiten beim Zügel – seine drei Gefährten mochten ja langsamer nachkommen – und galoppierte davon.

Er erreichte die Schar am späten Nachmittag und berichtete dem Häuptling die letzten Ereignisse. Der entsandte ihn mit zwei frischen Pferden sofort zu den Dörfern am oberen Ende des »Felsigen Tales«; er gab ihm ein blutiges Kriegsbeil mit als Zeichen und Befehl. Bei Anbruch der zweiten Nacht hatte er das Dorf erreicht, das der Clan der »Hirsche«, er gehörte zur Abteilung der Assiwikale, bewohnte. Wenige Minuten später verließ ein Bote auch dieses Dorf mit dem Zeichen Cornstalks in den Händen, während Tecumseh ausruhte, und als er am nächsten Morgen weiterritt, hatte er das Beil des Häuptlings schon wieder in der Hand und dazu die Gewißheit, daß auch sechzig der besten Krieger aus dem Dorfe »Unter den Fichten«, das ganz oben am Ausgang des »Felsigen Tales« auf der Hochebene lag, dem Ruf seines Häuptlings folgen würden. Dieser Tag wurde der anstrengendste, und obwohl er zwei frische Pferde mitgenommen hatte, kam er doch erst sehr spät, eine Stunde nach Anbruch der Dunkelheit, zum Wohnsitz der Kispokotha, die eine der großen Abteilungen der Shawnee bildeten.

An der gespaltenen Eiche, zwei Stunden oberhalb der Mündung des »Steinigen Wassers«, stieß er am Nachmittag des nächsten Tages, fünf Tage nach dem Tode des Indianer-Henkers, mit achtzig Kriegern aus den Clans Truthahn, Waschbär und Schildkröte (alle drei gehörten zu den Kispokotha) zu den Scharen seines Häuptlings. Das blutige Beil hatte Gehorsam gefunden. Über zweihundert Shawnee erwarteten jetzt die Befehle Cornstalks.

Dieser hielt Rat inmitten einer Anzahl von Unterhäuptlingen, umgeben von den älteren Kriegern, unter der Eiche. Als ihm der junge Shawnee seine achtzig Gefolgsleute zuführte, sagte der Häuptling mit nachdrücklicher Betonung:

»Der Fliegende Pfeil ist ein großer Krieger.«

Tecumseh zuckte zusammen und warf dann mit strahlendem Blick den Kopf zurück: der größte Kriegshäuptling seines Volkes hatte soeben ihm, einem unbekannten jungen Krieger, einen Namen gegeben. Durch die Zuhörer ging eine leise Bewegung; mehr zu zeigen, verbot ihnen und Tecumseh die Sitte. Es kam selten vor, daß ein Häuptling einen Namen vergab, Cornstalk war besonders sparsam mit seinen Anerkennungen. Die Wahl des Namens zeigte, wie wertvoll dem roten Befehlshaber – denn das war er in Wirklichkeit kraft seiner Taten und der Macht seiner Persönlichkeit – die Dienste Tecumsehs gewesen waren. Von seiner Schnelligkeit hatte der Erfolg des Planes abgehangen, den Cornstalk nun durchführen wollte.

Vor Anbruch der Dämmerung des nächsten Tages brachen die Indianer auf, und bald hielten sie einige hundert Schritt vor dem Eingang in das Tal der hohen Felsen, in das vor nun fünf Tagen achtzehn Weiße auf der Verfolgung von vier roten Kriegern eingeritten waren.

Cornstalk ritt langsam vor die Front der schweigsamen Schar. Er war ein berühmter Krieger seines Volkes, er als einziger von allen Shawnee durfte die aufwärtsstehenden Büffelhörner im Kopfschmuck tragen, die bei den Shawnee und einigen anderen Völkern des Nordens die öffentliche Anerkennung für ganz besondere Kriegstaten waren. Der Große Rat hatte ihm diese sehr seltene Auszeichnung vor etwa dreißig Jahren für seine Taten im Ani Yunwiya-Kriege verliehen.

Der Häuptling war, wie alle seine Krieger, mit ledernen Hosen und einem Gürtel aus Hirschleder bekleidet. Um die Schultern hing ein Mantel aus Büffelhaut, den er mit der Fellseite nach innen trug. Die Lederseite war weiß wie Elfenbein, an den Rändern mit Stachelschweinborsten bestickt. Der Sitte gemäß waren seine größten Kriegstaten durch bunte Malereien auf dem Mantel verzeichnet, aber mehr noch als diese bildhaften Darstellungen sagten seine Kriegstrophäen, daß er ein furchtbarer Feind war. Die Nähte seiner Leggins waren mit Skalpen dicht besetzt, an der Spitze seiner Lanze, an seinem Tomahawk hingen Skalpe, und sogar seine »Medizin« war in die Kopfhaut eines seiner Feinde eingenäht.

Cornstalk hatte alle Zeichen seiner Würde angelegt. Sein Pferd trug eine Decke aus Hirschhaut, ebenfalls mit dem Felle nach unten, und auch sie war reich bestickt und mit Malereien versehen. Von den Rändern hingen lange, bunte Fransen herab.

Der Häuptling hatte einen großen, kräftigen, muskulösen Körper. Aber was weit stärker wirken mußte, war sein mächtiger Kopf. Sein Schädel war nach Shawnee-Art vorn glatt geschoren, vom Hinterkopf fielen lange, grauweiße Haare über seine Schultern herab bis auf den Sattel seines Pferdes. Die Augen lagen tief in den Höhlen, man sah ihnen an, daß der Mann, dem sie gehörten, gewohnt war, seinen Willen durchzusetzen. Die starke Nase und das mächtige Kinn sprachen von derselben Energie, und der stets geschlossene Mund bestätigte, was das ganze Gesicht aussagte: daß in diesem roten Häuptling eine außergewöhnliche, leidenschaftliche Willenskraft glühte, die stets erreichte, was sie wollte. Cornstalk war ein glühender, aber auch ein schlauer Patriot; er hatte sein Volk bisher durch Kriege und mehr noch durch Verträge stark gemacht. Als er jetzt sprach, herrschte lautlose Stille. Und obwohl er von seinen Kriegern etwas für indianische Begriffe geradezu Unerhörtes verlangte, erhob sich kein Widerspruch. Er hätte es gar nicht nötig gehabt, die Ansprache mit den Worten zu schließen:

»Cornstalk ist ein Freund seiner Freunde. Cornstalk ist der Mörder seiner Feinde. Wer glaubt, daß Cornstalk ein Feigling ist?«

Ebensogut hätte er seine Leute fragen können, ob sie einen Grizzly-Bären für einen Regenwurm hielten.

Er sah sie an. In seinem harten Gesicht rührte sich kein Muskel, aber aus seinen Augen strahlte ein unbeugsamer Wille, und er sah nur Gefolgschaft auf den Gesichtern seiner Krieger.

Er hatte sie zu oft in Kampf und Todesgefahr geführt, als daß sie jetzt an ihm hätten zweifeln können. Die Häuptlinge waren ja, wie er sagte und wie sie durch ihre schweigende Zustimmung zeigten, seiner Ansicht. Cornstalk hatte gesprochen, und die Shawnee würden tun, was er wollte . . .

Er gab nun ganz genaue Verhaltensmaßregeln, wies jedem Trupp seinen Platz an, und schließlich entließ er eine Schar nach der anderen. Pferdewächter führten die Gäule tief in den Wald hinein. Er selbst schritt in einem weiten Bogen mit den Kriegern, die auf der anderen Seite des Tales Aufstellung nehmen sollten, fort. Natürlich konnten sie nicht einfach quer hinüberlaufen, da diese Spur sofort alles verraten hätte.

Der Häuptling selbst versteckte sich direkt am Ausgang des Tales der hohen Felsen. Er war zufrieden – von hier aus konnte selbst sein Auge keine Spur von den hinter Gebüsch, Gestrüpp und einzelnen Felsblöcken verborgenen Shawnee erblicken. – –

Für Indianergeduld waren die zwei Stunden, die nun folgten, nicht ermüdend. Schließlich ließ sich der Hufschlag aus der Talenge vernehmen, dann erscholl der Jubelruf des Franzosen, und die Weißen ritten in das Tal.

Befreit hob sich ihre Brust, selbst die Blicke der Bauern erhellten sich. Alle Sorgen waren vergangen wie der erste Schnee in der Morgensonne. Scherzworte ertönten, lachende Ausrufe, und dann begann ein frischer Trab den Bach entlang in die baumlose Ebene hinunter, durch den kurzen Grenzstreifen von niedrigem Gebüsch, hinter dem über zweihundert Rote lagen.

Die Reiter überhörten den zweimaligen Katzenschrei des Mäusebussards, der hinter ihnen ertönte, sie überhörten auch das leise Rauschen im Gesträuch – aber plötzlich vibrierte die Luft von einem Ruf, der aus tausend Kehlen zu kommen schien. Fünf, sechs, sieben Indianer tauchten vor, hinter, neben jedem Pferde auf. Jean Martin, Konrad Wulf, der Rote Tom fühlten plötzlich einen zweiten Reiter hinter sich im Sattel, fühlten sich von zwei Armen umschlungen, während andere sie vom Pferd rissen. Sie rollten gemeinsam mit ihrem roten Hintermann, der sich wie eine Klette an sie klammerte, auf den Boden. Friedrich Wagner fühlte eine Lederschlinge um Oberkörper und Arme, er wurde aus dem Sattel gerissen, schlug mit dem Kopf auf eine Wurzel und blieb ohnmächtig liegen. Seinem Bruder sprang ein riesiger, fast nackter Shawnee von vorn direkt an die Kehle und schleuderte ihn durch den Anprall nach rückwärts vom Pferde. Er stand kaum wieder auf den Beinen, da überschwemmte ihn eine Welle roter Krieger.

Das stille, freundliche Tal war vom Kriegsruf der Shawnee erfüllt, jeder Busch schien lebendig geworden zu sein. Von den entfernteren Teilen des Grundes stürmten von allen Seiten Indianer heran, alle mit den Farben des Krieges bemalt und Kampflust in den Blicken. Aus dem vollen Lauf heraus, ohne anzuhalten, warfen sie sich ins Getümmel – und wenn die Weißen Zeit zur Gegenwehr gehabt hätten, so wäre keiner von ihnen mit dem Leben davongekommen.

Aber der Überfall traf sie zu überraschend, nicht ein Flintenschuß ertönte, in wenigen Augenblicken war auch der letzte Widerstand niedergeschlagen; gefesselt, geknebelt, teilweise betäubt lagen alle, Bauern wie Jäger, am Boden.

Das ohrenbetäubende Geheul, das die Shawnee beim Überfall ausgestoßen hatten, ließ sofort nach. Die Weißen waren beim Ausritt aus der Talenge in langer Reihe hintereinander geritten, kaum daß da und dort sich zwei Weiße nebeneinander gehalten hatten. Das hatte den Anschlag der Indianer außerordentlich begünstigt, noch viel mehr als die Sorglosigkeit, mit der der ganze Trupp in die Ebene hinabgeritten war. Der Anführer der roten Krieger hatte die meisten seiner Leute in der Nähe des Baches postiert, da er vorausgesehen hatte, daß die Weißen an seinem Lauf, dem sie nun schon so lange gefolgt waren, auch weiterhin bleiben würden. Sie waren ja auch auf dem Verfolgungsritt vor nunmehr fünf Tagen an diesem Bache entlang den vier fliehenden Indianern nachgeritten. Der Häuptling, der über die Annäherung der Reiter, wie diese später erfuhren, ganz genau unterrichtet war – sie waren von den Höhen aus ständig beobachtet worden – hatte strenge Anordnung gegeben, daß jeder Krieger an seinem zugewiesenen Platze zu verharren habe, bis er das Zeichen zum Angriff gegeben hätte. Und die Indianer, im Kriege an strenge Disziplin gewöhnt, hatten diesem Befehl in einer Weise Folge geleistet, wie sie weißen Truppen kaum möglich gewesen wäre.

Cornstalk kam jetzt zum Kampfplatz, ein kurzer Befehl, und die Weißen wurden auf einen Platz geführt oder, soweit sie betäubt waren, geschleift. Tecumseh und seine drei Gefährten vom Ohio mußten sich überzeugen, ob alle Jäger und Bauern gefangen waren. Es fehlte keiner.

Der Häuptling würdigte die Weißen keines Blickes mehr, ließ ihre Pferde einfangen, die zum größten Teil ganz in der Nähe weideten. Dann entsandte er eine größere Schar in den Wald, um die versteckten Mustangs seiner Leute zu holen. Sowie diese eintrafen, stiegen die Shawnee auf, die Weißen, die inzwischen alle wieder zur Besinnung gekommen waren, mußten ebenfalls ihre Pferde besteigen. Ihre Füße wurden unter dem Bauche ihrer Tiere mit langen Riemen zusammengebunden. Die Shawnee sammelten die Büchsen ihrer Gefangenen auf, untersuchten die Weißen noch einmal auf verborgene Waffen, dann ritt die ganze Schar in scharfem Trabe davon, ihren Dörfern zu.

In Chillicothe

Nach einem beschwerlichen Ritt von zwölf Tagen hielten die Gefangenen mit ihren von Tecumseh geführten vierzig indianischen Wächtern – die übrigen hatte Cornstalk in ihre Dörfer entlassen, und auch der Häuptling selbst war vorausgeritten – am Rande einer ansehnlichen Lichtung. Sie hatten teilweise mit verbundenen Augen reiten müssen, und der Weg durch den Urwald hatte sie sehr mitgenommen. Sie atmeten alle auf, als sie jetzt das Indianerdorf vor sich sahen, das, wie sie aus den zurückhaltenden Auskünften der Shawnee entnommen hatten, das Ziel ihres Rittes war. Endlich sollten sie Gewißheit haben.

Sie sahen ein großes, sorgfältig angebautes Maisfeld vor sich mit den typischen Wächterhütten, sahen mit Erstaunen wohlgepflegte Sonnenblumengärten, ausgedehnte Tabakpflanzungen und an der Südseite der Lichtung sogar einen riesigen Garten voller Apfelbäume. Nach Norden lief die Lichtung in einen niedrigen, felsigen Höhenrücken aus, und an dessen äußerstem Ende sahen sie Chillicothe liegen. Diesem Dorf wandte sich ihre ganze Aufmerksamkeit zu, dort sollte sich ihr Schicksal entscheiden!

Ein nicht sehr breiter, von Nordosten kommender Fluß zerschnitt die Lichtung in zwei Teile, und als sie nun ihren Weg zu dem Dorfe nahmen, hatten sie genügend Muße, sich die Lage des Ortes klarzumachen.

Sie ritten einen sanft geschwungenen, mit spärlichem Gras und einigen Schwarz-Eichen bestandenen Hügelrücken entlang, der sich quer duch das Maisfeld schob. Rechts und links davon wogte das grüne Feld. Dahinter, im Norden und Westen, erhoben sich mit dichtem Wald bedeckte Gebirgszüge, und da auch im Osten und Süden, woher sie kamen, undurchdringliche Wäldermassen die Höhen bedeckten, lag das Feld in einem von allen Seiten vor Wind und Wetter geschützten Kessel, der nur nach Südwesten dem schnell dahinfließenden Scioto-River ein schmales Tal freigab.

Chillicothe selbst, das Dorf, lag in einem scharfen Winkel des Flusses, ganz dicht am Rande des etwa hundertfünfzig bis zweihundert Fuß hohen Steilufers, an zwei Seiten durch diese Ufer geschützt und nur von Süden her überhaupt anzugreifen.

Für indianische Begriffe machte schon ihre Lage die Siedlung fast uneinnehmbar; hinzu kam aber noch der Palisadenring von zwanzig bis fünfundzwanzig Fuß über den Boden aufragenden, dicht nebeneinander eingerammten, behauenen Baumstämmen von je etwa eineinhalb Fuß Durchmesser. Die Stämme waren rund, nach oben spitz zulaufend, so daß der Zwischenraum von einem Pfosten zum anderen, der unmittelbar am Boden höchstens zwei Zoll betrug, an den Spitzen etwa vier bis sechs Zoll breit war. Die Palisaden waren durch lange Ruten der Weide, die hier am Flusse ziemlich häufig vorkam, am Boden miteinander verbunden. Dieses »Weidenband« war etwa zwei Fuß hoch, darüber befand sich ein Streifen von der gleichen Breite, der frei war. So entstanden Schießscharten von zwei bis vier Zoll Breite, eng genug, daß bei einem Überfall auf das Dorf die Verteidiger dahinter ziemlich sicher waren, und dennoch weit genug für sie, um dazwischen hindurch ihre Pfeile zu entsenden. Oben waren dann die Palisaden wieder mit Weidenflechtwerk bis zur Spitze dicht überdeckt. In gewissen Abständen sicherten zu allem Überfluß schräge Stützen die Befestigung von innen her. An den Stämmen entlang lief auf der Innenseite dazu noch ein tiefer, trockener Graben, in dem bei einer Belagerung die Krieger lauerten, darauf wartend, daß sich einer der Feinde eine Blöße gab.

Die Indianerstadt hatte ihren Namen von einer großen Abteilung der Shawnee, die Chilacatha, zu denen auch Cornstalk gehörte. In jenen Jahren betrug die Einwohnerzahl von Chillicothe etwa achthundert Personen, doch konnte der Ort bedeutend mehr Menschen in seinen geräumigen Hütten aufnehmen, die, rund gebaut, einen Durchmesser von 30 bis 40 Fuß hatten und in ihrem Innern weit mehr Raum boten als die meisten der Loghouses* weißer Bauern dort oben an der Grenze.

Als die vierzig Shawnee mit den weißen Gefangenen in Sicht ihrer Stadt waren, sandte Tecumseh erneut einen Boten an Cornstalk, um ihm seine Ankunft zu melden.

Die Rolle Tecumsehs, der schon in seiner Jugend einen großen Einfluß unter den Shawnee hatte, war auch den kundigeren weißen Jägern, Bauern und Soldaten noch lange Jahre später höchst rätselhaft. Man konnte sich die Gewalt nicht erklären, die von ihm ausging, man wußte doch, daß die Indianer auch ihren selbstgewählten Häuptlingen stets nur sehr bedingt Folge leisteten – und diesem jungen Mann gehorchten nicht nur seine Altersgenossen, sondern manchmal der ganze Stamm.

Hätten sie die Coureurs aus Kanada gefragt, so wäre das Geheimnis bald geklärt gewesen, aber sogar den bibeleifrigen Puritanern englischer Herkunft war der rote Mann ein viel zu verächtlicher Gegenstand. Eine Kugel war er gerade noch wert, eine Frage nicht.

Tecumseh hatte – und das war des Rätsels Lösung – die Führung eines jener Geheimbünde, wie sie damals unter den Indianern verbreitet waren. Jede Altersklasse, auch die Knaben schon, hatten ihre Bünde und Orden, und manche dieser Vereinigungen haben sich ungewöhnliche Machtbefugnisse erzwungen. Das Wort ihres Anführers war nicht selten von größerem Gewicht als das eines Häuptlings – und der Bund der Hunde war der mächtigste dieser Orden unter den Shawnee. Tecumseh war ihr Führer.

Sechs Fuß hoch war er der schnellste Läufer seines Stammes, ein ausdauernder Schwimmer, ein berühmter Reiter und ein nie

* Blockhäuser.

fehlender Bogenschütze. Seine damalige Stellung aber verdankte er – das ist bezeichnend und seltsam genug – seinem Ballspiel! Die Indianer hatten ein Spiel, das zwar bei allen Stämmen kleine Varianten aufwies, im großen und ganzen aber überall dasselbe war. Es hatte gewisse Ähnlichkeiten mit unserem heutigen Fußball- und Tennisspiel, und es wurde mit einer ungeheuren Begeisterung und Erbitterung gespielt, an der nicht etwa nur die kämpfenden Parteien, sondern der ganze Stamm Anteil nahmen. Nicht selten wurden sogar drohende Kriege durch solche Spiele abgewandt, indem nämlich die Völker übereinkamen, den Streitfall durch ein solches Ballspiel beizulegen. Wer verlor, hatte die vorher festgesetzte Buße zu zahlen.

In einem solchen Falle nun hatte Tecumseh ein schon verloren gegebenes Spiel der Chilacatha (dieser Abteilung der Shawnee gehörte er an) gegen einen Stamm der benachbarten Lenni Lenape durch seine Schnelligkeit und Entschlossenheit für sein Volk entschieden. Die Lenape mußten das Tal des Donnernden Baches räumen, um das der Streit entbrannt war. Da sie nur »wilde Indianer« und nicht »zivilisierte Weiße« waren, hielten sie ihr Versprechen, und ein jahrelanger Zwist, der immer drohendere Formen angenommen hatte, war zugunsten der Shawnee beigelegt.

Der Bund der jungen Krieger, und das war der Bund der Hunde, hatte die meisten Ballspieler gestellt – und von diesem Tage an war ihr Anführer einer der mächtigsten Männer im Stamme der Shawnee.

Jetzt hielten die beiden mit vierzig »Hunden« und den weißen Gefangenen vor Chillicothe, und da kam auch schon der alte Cornstalk mit einer großen Anzahl berittener Krieger heran.

Die Gefangenen auf ihren Pferden blieben dicht zusammen: in der ersten Reihe der Rote Tom, Konrad Wulf, Jean Martin und Friedrich Wagner. Ihre Gesichter waren blaß, aber kühl und gelassen. Sie hatten Zeit genug gehabt, sich mit ihrer Lage abzufinden, und waren nun beinahe froh, daß sie endlich erfahren sollten, was ihnen bevorstand.

Jean Martin, der alte, ausgekochte Coureur, hatte in den ersten Tagen vergeblich versucht, aus Tecumseh oder einem der anderen Indianer herauszubekommen, was die Shawnee eigentlich mit ihren Gefangenen vorhatten. Tecumseh war stets vorsichtig ausgewichen, die anderen hatten finster geschwiegen. Allzu wohlgesinnt waren sie den Weißen nicht, dennoch hielten sie sich im allgemeinen vor Gewalttaten zurück; um so schärfer aber war die Bewachung gewesen. Jede Nacht mußten die Weißen, die ausgestreckten Arme und Beine an vier in die Erde gerammte, kurze Pfähle gebunden, auf dem Rücken liegend zubringen. Um den Hals hatte jeder eine Lederschlinge, deren Ende einem Indianer um das Handgelenk gebunden war. Unter solchen Umständen war eine Flucht freilich unmöglich gewesen, und da Jean Martin weder fliehen noch fragen konnte, fluchte er zuletzt ununterbrochen vor sich hin: »Sacré nom d'un nom . . ., nous étions des fous . . .«

Aber die verspätete Reue half nichts, und immer mehr erkannte der Franzose, wie genial die Falle war, in die sie gelaufen waren. Und gerade er, der die Indianer von seinen Gefährten am besten kannte, ahnte, daß sie alle unter den Beilen, Messern und Pfeilen der Shawnee ein furchtbares Ende nehmen würden. Denn das war noch nicht vorgekommen, daß Indianer bei einem Überfall auf Weiße kein Blut vergossen hatten. Sie mußten etwas ganz Besonderes beabsichtigen, vielleicht ein großes Fest. Und er glaubte zu wissen, daß die Roten ihre Feste am liebsten mit der Marterung gefangener Feinde krönten.

Jean Martin hatte vor drei Jahren zugesehen, wie der junge MacGrey bei den Seneca zu Tode gefoltert wurde, ohne daß er damals helfen konnte; und dieser zähe, verhärtete, abgebrühte Mann schauderte, wenn er daran dachte, was ihn und die anderen in wenigen Tagen erwartete.

Jetzt also hielt Cornstalk wieder vor ihnen. Der alte Häuptling saß vorgebeugt auf seinem struppigen, ungepflegten Pferd, ohne jeden andern Schmuck als den zweier Federn in seiner Skalplocke. Nur der Farbe seiner Haare und den Runzeln in seinem

Gesicht sah man sein Alter an; der kräftige Körper und das ungebrochene Auge verrieten keine Schwäche. Er blickte von einem zum andern, musterte sie von oben bis unten, als wolle er jeden von ihnen sich genau einprägen. Längere Zeit haftete sein Blick nur auf Friedrich und Hinnerk Wagner, aber auch bei ihnen blieb er kalt und gleichgültig. Schließlich wandte er sein Pferd, winkte den »Hunden« und seinem Gefolge und ritt an der Spitze des Zuges nach Chillicothe, vor dem fast die gesamte Einwohnerschaft sich versammelt hatte.

Schweigsam wie Cornstalk waren auch diese Indianer, und die Weißen begannen nun allmählich ihre äußere Gleichgültigkeit zu verlieren. Allzu tödlich war der Haß, der ihnen aus allen Augen entgegendrohte. Sie ritten durch die Umzäunung und auf einem schmalen, vielfach gewundenen Weg durch die Erdhütten bis auf den freien Platz in der Mitte, an dessen östlichem Ende die große Ratshalle stand. Cornstalk ritt mit den übrigen Häuptlingen vor die Hütte, stieg ab und ging, ohne sich um die Weißen zu kümmern, hinein. Einige Häuptlinge und ältere Krieger folgten, andere blieben vor dem Eingang stehen, um die Gefangenen näher zu betrachten, die von Tecumseh und den »Hunden« jetzt in ein Erdhaus neben der Ratshalle geführt wurden.

Und jetzt wurde Friedrich Wagner Zeuge einer Szene, die ihm einen Ruf ungläubigen Staunens entlockte und ihm zum Stehenbleiben zwang. Aus der Schar der Frauen und Kinder, die auf dem Platze umherstand, löste sich ein Kind, ein Knabe von vielleicht vier bis fünf Jahren, und lief jubelnd, kreischend vor Freude auf einen Häuptling zu, der mit Cornstalk zusammen auf den Platz geritten war. Der fing den Knaben in seinen Armen auf und hob ihn hoch in die Luft. Er hielt ihn über seinen Kopf, lachte zu dem Jungen hinauf, der strampelnd und krähend über ihm schwebte und immer wieder nach den Haaren seines Vaters greifen wollte. Aber das war es nicht, was den jungen Bauern in Erstaunen setzte, obwohl er nicht geglaubt hätte, daß es solche Familienszenen auch bei den »Wilden« gäbe.

Nein, er war stehengeblieben, weil der Knabe blond war, hellblond. Die Vormittagssonne spielte in goldenen Lichtern über die Locken des Kindes, denn auch Locken hatte der Junge, während doch das Haar aller Indianer schwarz und glatt war.

Und der Bauer, seltsam erschüttert, fragte Tecumseh, der seine Verwunderung bemerkt hatte und ihn aus dunklen Augen anlächelte: »Wem gehört der Knabe?«

»Es ist der Sohn Ta-ga-ju-tahs, des Häuptlings der Cayuga.«

»Aber er ist doch blond!« rief Wagner ungläubig aus.

Fragend sah ihn der Indianer an.

»Er hat gelbes Haar«, verbesserte er sich.

»Seine Mutter ist eine weiße Squaw. Cornstalk hat sie . . .«

Da brach Tecumseh ab, die nie ruhende Vorsicht des roten Kriegers warnte ihn davor, zu Ende zu sprechen. Keinem von diesen Weißen durfte man trauen. Er hatte sagen wollen: Cornstalk hat sie als Mädchen von den Ani Yunwiya gekauft, die südlich vom Lande des grünen Rohrs wohnen. Und jetzt ist sie die Squaw Logans.

Jean Martin hatte die letzten Worte gehört und ebenso wie Friedrich Wagner den blonden Knaben beobachtet. Er kam erregt heran:

»Was sagst du, Shawnee, wer ist das dort?« fragte er Tecumseh.

»Das ist Ta-ga-ju-tah, ein Häuptling der sechs Nationen«, wiederholte widerwillig der Indianer.

»Ta-ga-ju-tah, den sie Logan nennen?«

»So ist es. Die weißen Jäger nennen ihn Logan, denn er hat auch einen weißen Namen, weil er an den guten Geist der Blaßgesichter glaubt.«

Martin wollte etwas sagen, aber er verschluckte seine Worte. Wagner sah den Franzosen verwundert an, der vor innerer Erregung kaum sprechen konnte. Der Coureur aber blickte mit freudiger Miene auf den Indianer und murmelte in französischer Sprache vor sich hin: »Er ist ein Cayuga, bestimmt; sein Kopf ist glatt geschoren und die Farben an den Leggins . . . wenn das wirklich Logan ist . . .«

Er ging eilig in die Erdhütte, in die Wagner und alle seine Gefährten ihm schon vorausgeschritten waren. Dort rief er in die Gespräche der anderen: »Camarades, écoutez, camarades, 'ört zu mir: Wenn das da drauß' ist Logan, der Chef der Cayuga, dann ich glaube, wir können noch werden gerettet.«

Die Männer umringten ihn, sie hatten den sehnigen Coureur noch nie so aufgeregt gesehen.

»Comment, vous ne connaissez pas – wie, ihr nicht kennt Logan, John Logan, den roten Christ? Ah, camarades, welch ein Mann! Ein Edelmann – je vous dis. Logan noch nie 'at gebroch' sein Wort, comprenez? Er nicht liebt les tortures, die Marter, savez? Er wird uns retten, parce qu'il – weil er kann. Er ist mächtig, il est un grand chef der Iroquois, des six nations, versteh'? ein Häuptling der Irokes'. Er beschütz' die Weiß' und die Indiens, il est l'ami des tous les hommes. Er uns 'at geseh', er uns wird beschütz' – il est plus grand, le plus touchant exemple d'humanité, que j'ai jamais rencontré – comprenez-vous, messieurs? Bon Dieu, pourquoi je ne parle pas mieux l'anglais! meine 'erren, Logan, er ist das größte exemple von Menschlichkeit ich 'abe gesehen in meine Leben – ein großer Mann, un héros, und er liebt die weißen Männer . . .«

So sprudelte der Franzose seine erregende Neuigkeit hinaus, und Wagner erzählte, was er gesehen hatte. »Il est vrai«, unterbrach ihn der Coureur, der mit kleinen Schritten in der Hütte umherlief – er war, wie alle anderen, nur noch an den Händen gefesselt! –, »es ist wahr, er 'at eine weiße Frau, sie soll leben bei die Shawnee, man mir 'at erzählen . . .«

Es ist begreiflich, daß diese Mitteilungen des Franzosen, den die Männer in der Zwischenzeit als einen ernsten, wahrheitsliebenden Menschen kennengelernt hatten, neue Hoffnung erweckten. Und sie verbrachten die nächste Zeit weit lebhafter als alle vergangenen Tage der Gefangenschaft.

Sie wurden in der Erdhütte etwa eine Stunde lang streng bewacht. Dann erschien Cornstalk in der Türöffnung und fragte, ob einer der Gefangenen seine Sprache spreche.

Jean Martin, der Coureur, meldete sich.

»Wenn die weißen Männer versprechen, diesen Raum ohne Erlaubnis nicht zu verlassen, wird man ihnen die Fesseln abnehmen. Fünf Shawnee werden dieses Haus mit den weißen Männern bewohnen, bis der Große Rat gesprochen hat. Wenn ihr um Erlaubnis fragt, könnt ihr in der Stadt umhergehen, aber jeder nur allein. Damit euch die Frauen und Kinder nicht beleidigen, werden immer fünf Krieger mit jedem von euch gehen. Wenn ein weißer Mann zu fliehen versucht, werdet ihr alle sofort getötet. Haben die weißen Männer verstanden?«

Jean Martin übersetzte das Gehörte seinen Gefährten, die erneut Hoffnung schöpften. Das sah ja wirklich fast so aus, als wären sie doch noch nicht ganz verloren. Die Beratung dauerte nicht lange, dann meldete der Franzose dem Häuptling, daß alle Gefangenen auf seine Bedingungen eingehen wollten.

Cornstalk, der recht gut Englisch sprach und verstand, aber viel zu stolz war, diese Sprache zu gebrauchen, ließ sich jetzt von jedem persönlich eine entsprechende Versicherung in englischer Sprache geben. Dann befahl er, die Weißen auch von ihren Handfesseln zu befreien, und ging zur Tür hinaus. Alle anderen Indianer verließen bis auf fünf, die sich am Eingang niederließen, den Raum.

Die Gefangenen, froh, ihre Glieder wieder gebrauchen zu können, setzten sich ebenfalls auf Felle, Matten und Balken, die genügend vorhanden waren, und sprachen nun zum erstenmal ungestört über ihre Lage.

Aber die Anstrengungen der letzten Tage waren zu groß gewesen; siebzehn Tage im Sattel, davon zwölf auf die Pferde gefesselt – das machte sich jetzt bemerkbar. Und wenn sie auch jede Nacht trotz ihrer unbequemen Lage geschlafen hatten wie Klötze, so überwältigte sie jetzt doch die Müdigkeit. Wo sie saßen und lagen, schlief einer nach dem anderen ein.

Sie schliefen fast achtzehn Stunden und wachten also erst am nächsten Morgen wieder auf. Und wenn sie jetzt und während aller folgenden Tage auch gut behandelt wurden, so verloren sie doch ihre anfängliche Zuversicht recht bald wieder. Die Waffen hatte man ihnen genommen, nicht einmal verteidigen konnten sie sich also. Und Flucht war unmöglich, aus diesem Palisadendorf kamen sie nicht hinaus. Mehr als fünf von ihnen durften überhaupt nicht auf einmal im Dorfe umhergehen, und auch diese immer nur einzeln, von je fünf Kriegern bewacht. In Wirklichkeit war die Bewachung viel stärker, denn wo sie auch hinkamen, überall zogen sie die Blicke aller Krieger auf sich, die auf den Plätzen, vor ihren Häusern oder auf den Dächern der Hütten standen, saßen oder lagen.

Wenn Friedrich Wagner im Dorfe umherging, gesellte sich nach kurzer Zeit stets auch Tecumseh zu ihm, der offenbar Gefallen an dem Gelben Haar gefunden hatte. Sein Sprung war übrigens unter den Indianern bekannt geworden, das merkte er an den Blicken, Worten und Gebärden, mit denen die Dorfbewohner sich gegenseitig auf ihn aufmerksam machten.

Sooft er aber Tecumseh nach seinem Schicksal oder nach dem blonden Jungen fragte – stets wich der Indianer aus, bis er ihm schließlich einmal antwortete: »Das Gelbe Haar ist ein Krieger und kein Weib; er wird den Tod leicht ertragen. Die Weiber fragen, Krieger schweigen und sehen.«

Da mußte er freilich seine Fragen einstellen. Die Antwort war vieldeutig, aber daß der Tod der Gefangenen beschlossen war, das glaubte er klar daraus entnehmen zu können.

Friedrich Wagner war fünfundzwanzig Jahre alt, der stolze Stoizismus des Indianers war ihm fremd, und die Nähe des Todes erfüllte ihn mit wilden Anklagen gegen sein Schicksal. War er nicht im vollen Recht? Die Roten hatten ihm Pferde geraubt, er hatte sie verfolgt, er hatte sogar einem von ihnen das Leben geschenkt – womit hatte er also verdient, ein solch grauenhaftes Ende zu finden?

Er erinnerte sich der Erzählung Jean Martins, der die Qualen beschrieben hatte, die der junge Ire MacGrey bei den Seneca hatte erleiden müssen. Zehn Stunden hatten seine Qualen gedauert; erst war er lebendigen Leibes skalpiert worden, dann hatte man ihm schmale Streifen Fleisch aus dem Körper geschnitten und Pfeffer in die Wunden gestreut, glühende Nägel hatte man ihm in die Fußsohlen geschlagen – und während der Weiße stöhnte, schluchzte und schrie, stand der Führer der Seneca, der Häuptling Gieng-watha, Der-im-Rauche-geht, mit gekreuzten Armen vor ihm und sagte finster und ruhig bei jeder neuen Qual: »Das ist die Strafe für die Länderdiebe. So tun wir allen Weißen, die uns betrogen haben.« Der Franzose, der gegenüber an einen Pfahl gebunden war, hatte fast den Verstand verloren. Er hatte die Seneca mit den schlimmsten Schimpfworten belegt, er hatte sie Feiglinge, Mörder, Hunde genannt – aber als MacGrey endlich tot war, hatte Gieng-watha den Coureur gebunden in ein Kanu legen und den Fluß hinabtreiben lassen. Schon nach wenigen Stunden hatte sich das Boot, das mehrfach am Ufer hängengeblieben, immer wieder aber von der Strömung losgerissen worden war, endgültig im Ufergebüsch verfangen. Nach zwei Tagen fand ihn, der dem Hunger- und Dursttode nahe war, ein junger Oneida, band ihn los, pflegte ihn, gab ihm zu essen und führte ihn dann auf verborgenen Waldwegen an den Ontario.

Als Jean Martin das erzählt hatte, fügte er noch hinzu: »Jeder Stamm ist anders; sais pas, wie sind les Shawnee? Aber Gefangene werden gebraten bei alle; keine Ausnahme. Große Ehre, d'être brûlé, zu werden gebraten, savez?«

An diese Erzählung dachte der junge Bauer, und er empörte sich gegen sein Geschick, sein Gemüt verdüsterte sich. Gab es einen Gott, wenn er zuließ, daß er, der doch im Rechte war, der nichts Übles getan hatte, der einem Indianer das Leben gerettet hatte – eines solchen Todes sterben sollte?

Daß er Tecumseh befreit hatte, sagte er sich immer wieder. Aber er fragte sich nicht, ob er das auch getan hätte, wenn ihn der Rote nicht zuerst selbst verschont hätte. Und er vermied auch, sich zu fragen, warum er den beabsichtigten Mord an den drei Gefährten Tecumsehs nicht hatte verhindern wollen.

In finsteres Brüten versunken, stand er so eines Tages, die Hände auf dem Rücken, in dem Graben, der die Stellung umgab, und schaute durch die Lücken in den Stämmen über den grasigen Abhang zum Flusse hin, dessen walddunkle Fluten in zweihundert Fuß Entfernung vorüberströmten. Da hörte er plötzlich fröhliches Kinderlachen, und als er nun unwillkürlich seinen Kopf vorbeugte, sah er wieder den blonden Sohn Logans. Er saß auf einem kleinen, schwarzen Pferde, seine Händchen krallten sich in der Mähne fest, und er jauchzte und schrie und strampelte. Logan stand dabei, aber aller Ernst war aus seinem Gesicht gewichen. Seine Augen strahlten, er lachte und scherzte mit dem Kind, das bald die Arme nach ihm, bald nach seiner Mutter ausstreckte, die hinter dem Pferde, auf der dem Dorfe abgewandten Seite, stand.

Wagner sprang auf den äußeren Rand des Grabens. Es gelang ihm, die Weidenverkleidung der Palisadenwand einige Zoll weit zu öffnen – und nun sah er die Frau. Auch sie hatte hellblondes Haar und blaue Augen, die in freudigem Stolz auf ihren Knaben und auf Logan gerichtet waren.

Es war wirklich eine weiße Frau, selbst wenn ihre Haut von Sonne und Wind gebräunt war, daß sie fast so dunkel war wie die Logans. Sie trug die übliche Tracht indianischer Frauen: einen Lederrock, darüber ein Lederhemd aus dem Fell eines Damhirsches, Lederstiefel und -strümpfe, alles mit Stickereien und bunter Farbe verziert.

Atemlos sah Wagner der Szene zu, dann riß er sich los und schritt, eigentlich ohne zu wissen, was er wollte, zu einem nahen Ausgang. Seine Wächter, die ihn bisher hatten gewähren lassen, folgten rasch, da stand auch schon Tecumseh in der Öffnung und winkte ihm ein gebieterisches Halt!

Aber Wagner war in eine furchtbare Erregung geraten, und ohne sich um das Wort zu kümmern, drang er auf das schmale

Tor zu. Tecumseh griff zum Messer, dann besann er sich, sprang zurück, ergriff einen starken Pfahl, der in einer Lederschlinge am Tor hing, und senkte ihn quer vor den Ausgang. Die fünf Wächter Wagners warfen sich auf ihn, aber er schleuderte die ersten beiden zurück, als wären sie Strohpuppen.

Jetzt blitzten Messer und Tomahawks auf, einige in der Nähe weilende Indianer liefen mit lauten Rufen herbei – als Logan ans Tor trat. Ein paar Worte von ihm genügten, die Ruhe wieder herzustellen. Bewundernd sah ihn Tecumseh an: nicht einmal Cornstalk hatte diese Macht über die Indianer, die ja keineswegs Untergebene ihrer Häuptlinge waren, sondern in ihrem unbändigen Freiheitsdrange sich nur freiwillig beugten.

Wagner drang jetzt wild auf den Cayuga ein: »Wer ist die weiße Frau, die dort auf dem Felde steht?« Logan sah die fürchterliche Aufregung des Weißen, blickte ihm aber forschend ins Gesicht, ohne seine gelassene Ruhe zu verlieren. Er antwortete nicht, nur seine Augen schienen den jungen Bauern durchbohren zu wollen. Der glaubte, Logan wollte nicht antworten, und brüllte wie ein verwundeter Stier: »Höre, du roter Hund, wer ist die Frau dort draußen? Antworte, oder ich trete dir die Seele aus dem Leib!«

Die Indianer fuhren auf, und obwohl die meisten die englischen Worte nicht verstanden hatten, merkten sie doch an den Gebärden und dem Tone des Weißen, daß er den Häuptling bedrohte.

Logan sah das Gelbe Haar noch einmal prüfend an, dann schob er den noch immer von Tecumseh gehaltenen Pfahl beiseite und winkte Wagner, ihm zu folgen.

Diese erstaunliche Handlung milderte dessen Zorn, aber seine gespannte Erregung wuchs. Er schritt zum Tor hinaus, ohne jedoch zu bemerken, daß Tecumseh seine schwere Kriegskeule vom Gürtel löste und in die rechte Hand nahm. Mit dem Fliegenden Pfeil folgten die übrigen Shawnee ins Freie.

Logan legte die Hände wie einen Trichter vor den Mund und stieß einen schrillen Schrei aus, den Schrei des Mäusebussards.

Sie sahen, wie eine Reiterin auf einem schwarzen Pferd, das in einiger Entfernung am Ufer hielt, aufblickte und dann ihr Tier in schnellem Trab herantrieb. Es war die Frau, nach der Gelbes Haar gefragt hatte; ihren Sohn hielt sie vor sich im Sattel. Sie kam heran, sprang ab, hob das Kind vom Pferde, und Hand in Hand mit ihm trat sie zögernd, aber doch unbefangen auf die Männer zu, in deren Mitte Logan mit dem Gefangenen stand.

Wagner hatte beide Hände auf seine Brust gepreßt. Er stand vorgebeugt da, in atemloser Spannung, mit aufgerissenen Augen starrte er auf die Näherkommende. Er machte einen Schritt auf sie zu, noch einen – Logan blieb in unerschütterlicher Ruhe auf seinem Platze, aber wie ein Puma schlich Tecumseh zur Seite Wagners, die Faust um die Kriegskeule geballt.

Mit großen Augen sah die weiße, blonde Indianerin den Fremden näher kommen. Still waren auch alle Shawnee. – Wagner stand lange, lange vor ihr, jeden Zug ihres Gesichtes musternd. Dann aber ließ er enttäuscht und – beruhigt die Hände sinken, drehte sich um und sagte zu Logan mit heiserer, fast tonloser Stimme: »Nein, Häuptling, es ist nicht meine Schwester.«

Logan sah ihn wieder mit forschenden Blicken an, dann winkte er ihm zu folgen, während er den Indianern und der Frau befahl, in das Dorf zurückzukehren. Nur Tecumseh schloß sich den beiden an.

Sie ließen sich auf der Uferböschung nieder. Der Häuptling sagte kurz: »Wenn das Gelbe Haar zu fliehen versucht, werden alle weißen Männer morgen an den Marterpfahl gestellt, und auch Logan kann sie dann nicht mehr schützen.«

Wagner verstand, und die Hoffnung, die schon in ihm entstanden war, sank wieder zusammen. Er erzählte, daß Indianer bei einem Überfall, vor etwa sechs Jahren, seine Schwester geraubt hätten. Es seien Oneida gewesen. Er habe vorhin geglaubt, sie wiedergefunden zu haben. Und nach einer Pause entschuldigte er sich bei dem Häuptling wegen des Schimpfwortes, das er ihm am Tor zugeworfen hatte.

Logan machte eine wegwerfende Bewegung. Dann sagte er, Cornstalk habe die weiße Frau vor zwölf Jahren weit im Süden, an einem Fluß, an den noch kein Weißer gekommen sei, von den Ani Yumwiya gekauft. Sie sei damals zehn Jahre alt gewesen. Und vor fünf Wintern habe er sie bei einem Besuch bei den Shawnee gesehen, und sie wurde die Squaw des Häuptlings. »Sie will nicht mehr zurück zu den weißen Leuten. Sie sagt, die Shawnee waren immer gut zu ihr, und die weißen Leute haben sie oft geschlagen. Sie hat keine Mutter und keinen Vater mehr.«

Die Worte des Häuptlings klangen wahr, sein Gesicht war ehrlich, sein ganzes Benehmen war das Benehmen eines Mannes, der sich keiner bösen Tat schuldig fühlt. Aber der junge Bauer war doch verwundert zu hören, daß ein weißes Mädchen sich unter Indianern wohl fühlen könne. Er wußte damals noch nicht, daß das gar nicht so selten war, daß viele weiße Leute, und nicht die schlechtesten unter ihnen, das Leben der Indianer teilten, deren Ehrenhaftigkeit, Freiheitsdrang und deren ungebundenes, sorgloses Leben sie dem Verkehr mit dem rohen Grenzpöbel vorzogen. Schon mancher Weiße, den man aus der Gefangenschaft der Indianer »befreit« hatte, war wieder zu ihnen zurückgekehrt. Das bekannteste Beispiel dafür war James Girty, den die Amerikaner den Verräter nannten, weil er nach einer kurzen Gastrolle unter ihnen wieder zu seinen roten Brüdern zurückkehrte und an allen ihren Kriegszügen gegen die Mitschi malsa, die langen Messer, teilnahm, die er ihrer Heuchelei und Mordlust wegen noch grimmiger haßte, als die Seneca es taten, unter denen er aufgewachsen war. Unter dem Namen Schwarze Schlange wurde James Girty sogar ein Häuptling der Shawnee.

In der Unterredung war eine Pause eingetreten, der junge Bauer hing seinen Gedanken nach, ohne zu bemerken, daß ihn der Häuptling immer wieder nachdenklich betrachtete.

Schließlich sagte Wagner: »Zehn Sonnen sind wir schon in der Stadt der Shawnee. Wann werden die Häuptlinge uns sagen, was sie über die weißen Männer beschlossen haben, die so unglücklich waren, ihre Gefangenen zu werden?«

»Der Rat der Alten hat über das Leben der weißen Männer schon entschieden; sein Beschluß wird ihnen heute mitgeteilt werden«, entgegnete Logan.

Wagner, nunmehr überzeugt, daß sie getötet werden sollten, fuhr voll Empörung auf: »Was haben die weißen Männer getan, daß die Shawnee sie morden wollen? Sind nicht die roten Krieger in die Felder der Weißen eingefallen? Haben sie nicht Pferde geraubt? Waren die weißen Leute nicht im Recht, als sie euch verfolgten?«

Ruhig sagte Logan: »Wer gab den weißen Männern das Land, auf dem sie wohnen? Wer gab ihnen den Wald, in dem sie jagen? Die weißen Männer stehlen unser Land, töten den Büffel und den Hirsch, von dem der rote Mann lebt, sie morden unsere Brüder – wer gibt ihnen das Recht dazu? Überall gibt es gute und schlechte Menschen, bei den Shawnee und bei den Männern mit heller Haut. Aber bei den weißen Leuten sind auch die guten Menschen Diebe.«

Wagner schwieg. Was hätte er antworten sollen? Nach einer langen Pause stand Logan auf und sagte feierlich: »Die Shawnee wollen Frieden mit ihren weißen Brüdern. Sie wollen in ihrem Lande leben, und die weißen Männer sollen in ihrem Lande, obgleich sie es doch geraubt haben, auch in Frieden leben.

Das ist der Wille der Shawnee, der Lenni Lenape, der Piankeshaw und der Miami. Die Shawnee sind die Freunde aller roten Stämme um sie her. Warum sollen sie die Feinde weißer Männer sein?

Dieses Land ist sehr groß, viele Hirsche laufen in seinen Wäldern, viele Büffel weiden in seinen Prärien, viele Fische schwimmen in seinen Flüssen, viele Vögel fliegen unter seinem Himmel.

Der Große Geist hat allen seinen Kindern gegeben, was sie essen, womit sie sich kleiden, worin sie wohnen sollen.

Der Große Rat hat beschlossen, daß der Ruhende Wolf zu den Weißen Vätern gehen soll; er soll ihnen den Wampum des

69

Friedens bringen. Wenn die weißen Väter ihn annehmen, können alle deine Brüder in ihre Hütten zurückkehren. Auch deine Pferde werden dir folgen. Die Shawnee sind keine Diebe.«

Wagner sah nicht den bewundernden und verehrenden Blick, mit dem Tecumseh zu dem erstaunlichen Manne aufsah. So dunkel die ersten Worte Logans geklungen hatten, die letzten hatte er verstanden. Er sprang auf, ungläubig sah er den Häuptling an, erschüttert von dem hellen Licht, das so plötzlich über ihn hereinbrach, und doch auch seltsam bewegt von den fast prophetischen Worten des Indianers.

Er wollte fragen, aber die Worte: »Ist das wahr, Häuptling?«, die ihm schon auf den Lippen lagen, erstarben ungesprochen. Hier war jeder Zweifel unmöglich.

Nach vielen Jahren noch kam ihm diese Szene in den Sinn, wenn er an das Geschick Logans, der ein so unglückliches Ende nahm, und an das seines größeren Nachfolgers Tecumseh dachte, der, einst der Schrecken der Weißen, die Liebe aller roten Männer und die Bewunderung ganz Amerikas werden sollte. Er sah Logan vor sich stehen, aufgerichtet, stolz und mild, ein Urbild männlicher Kraft, das Gesicht belebt vom Feuer eines großen Planes; er sah Tecumseh, in Gedanken versunken, die Kriegskeule vor sich auf den Knien, über den Fluß blicken; er sah sich selbst dazwischen.

Wagner reichte dem Häuptling die Hand, und dann eilte er zu seinen Gefährten, und er hatte ihnen kaum erzählt, was er gehört hatte, als ein Bote eintraf, der den »Ruhenden Wolf« aufforderte, in die Ratshalle zu kommen. Mit diesem Namen war Konrad Wulf gemeint.

Nach einer Stunde war er wieder zurück. Er bestätigte, was das Gelbe Haar schon berichtet hatte: Die Indianer hatten ihm aufgetragen, zu den »weißen Vätern« zu gehen und Frieden zu schließen. Die anderen Gefangenen sollten als Geiseln in der Hand der Shawnee zurückbleiben, um die Regierung zu einem Vertrage zu zwingen. Der Vertrag selbst aber sollte in Chillicothe geschlossen werden. Es mußte also ein Bevollmächtigter der Regierung, dem ausdrücklich freies Geleit in jedem Falle zugesichert wurde, in die Shawnee-Stadt kommen.

Der Rote Tom lachte höhnisch: »Würde meinen, wir kommen alle an den Marterpfahl. Die Herren werden ihre Haut nicht selbst zum Abziehen herbringen.«

Diese Meinung hatten auch einige der anderen, die Bauern aber waren hoffnungsvoll. Und Jean Martin sagte: »Ce Monsieur Logan ist ein Ehrenmann. Er wird 'alten, ce qu'il dit. Si vos officiers nicht sind des... des.., wenn sie 'aben Mut, sie werden kommen. Und sie können maken eine traité, weil es gibt keine différences für sie mit diese Indianer hier. Wo ist la frontière, die Grenze? Assez loin d'ici, weit weg von 'ier – da man braucht Frieden, nicht Krieg. Alors, wir können 'aben 'offnung.«

Er riet Konrad Wulf, nicht nach Virginien zu gehen, sondern zu den Quäkern nach Pennsylvanien. »Das sein gute Menschen, sie sein Freunde von die Indianer, sie werden nicht lassen im Stich weiße Leute. Mais ces gens-là en Virginie, die kennen keine Gnade. Die würden kommen mit eine ganze Armee, et alors nous serons perdus, wir würden sein verloren, bevor sie sind an die belle rivière.« Er gab noch einige andere gute Ratschläge, die ihn als Kenner des Landes, der Indianer und der Weißen zeigten. Dann aber sagte Konrad Wulf: »Ich reite heute noch, wenn die Shawnee mich fortlassen. Je früher ich reise, um so eher seid ihr alle frei.«

Wirklich brach er, da die Häuptlinge nichts dagegen einzuwenden hatten, nach etwa einer Stunde schon auf, begleitet von den Segenswünschen seiner Kameraden und – bewacht von etwa zehn Shawnee, die ihn an die Grenze bringen sollten.

Logan ritt mit ihnen. Den Gefangenen aber blieb nichts übrig, als sich in ihr Geschick zu ergeben. Vor dreißig bis vierzig Tagen konnten die Boten nicht zurück sein.

Am nächsten Morgen sollte Lälaschikah, ein anderer Häuptling der Shawnee, mit etwa hundert jüngeren Kriegern und ebensoviel Frauen Chillicothe verlassen. Die Schar war beritten; es ging zu den alljährlichen Herbstjagden auf Büffel nach Kentucky, in das Land der »finsteren und blutigen Jagdgründe«. Zwar war es bei den Shawnee wie bei den meisten anderen Stämmen sonst üblich, daß jeder Clan, jedes »Totem«, für sich auf die Jagd zog. Aber Kentucky war Grenzland, dort streiften die Ani Yunwiya umher, beide Stämme machten sich das wildreiche Gebiet gegenseitig streitig – und so zogen die Shawnee nach Kentucky, in die »Ebene des Wildes« – wie sie das Land auch nannten – neuerdings stets mit großer Heeresmacht. Diesmal hatte der Ausritt noch einen anderen Sinn: Cornstalk wollte die jungen Hitzköpfe nicht um sich haben, wenn er an die Durchführung seines großen Planes ging. Nur die erfahrenen, alten Leute sollten um ihn sein – das hieß: die Friedliebenden.

Kaum war daher Lälaschikah mit der ganzen Schar, unter der sich auch Tecumseh mit den »Hunden« befand, zur Jagd aufgebrochen, da sandte Cornstalk schon Boten an alle Häuptlinge der übrigen Shawneedörfer, aber auch an die Führer der Miami, der Lenni Lenape und der Wyandot: sie alle wurden dringend aufgefordert, sich in dreißig Tagen in Chillicothe einzufinden.

Im Lande des grünen Rohrs

Der Leser der üblichen Indianergeschichten stellt sich das Leben der Menschen in den Prärien und Wäldern Nordamerikas als ein ständiges Wanderleben, als eine Kette von Kriegen, Bluttaten, Räubereien und Marterungen von Gefangenen vor, allenfalls unterbrochen von Jagdzügen zur Beschaffung des notwendigen Fleisches. Daß eine Reihe der größten und berühmtesten Stämme Ackerbauer waren, wie etwa die Hodenosauni, daß ein großer Teil in festen Holzhäusern oder nicht weniger festen Erdbauten wohnte, daß die Dächer dieser Wohnungen so solide gebaut waren, daß sie als Aufenthaltsort während der Tages- und Abendstunden dienten, ist meistens unbekannt. Daß viele Indianerstämme in sehr stark befestigten, bei den Mitteln der damaligen Kriegskunst auch für Weiße uneinnehmbaren Dörfern mit Palisadenkränzen und Wallgräben wohnten, wissen höchstens unsere Gelehrten.

Daß aber auch die Anschauung von den ständigen Kriegen der Indianer ein Märchen ist, lehrt eine sehr einfache Überlegung. Man stelle sich doch vor, daß die größten und berühmtesten Völker, wie die Lakota, die Siksika, die Hodenosauni nicht mehr als bestenfalls zwanzig- bis fünfzigtausend Seelen umfaßten. Ein solcher Stamm bewohnte, in viele Splitterstämme aufgelöst, in der Regel ein Gebiet, das so groß wie Bayern, nicht selten so groß wie ganz Deutschland, ja zwei- und vielmal so groß war.

Man stelle sich nun vor, welcher Riesenmärsche oder -ritte es bedurfte, um zunächst die Kriegsmacht eines Volkes zusammenzuziehen. Welche ungeheuren Entfernungen zu überwinden waren, um an die Grenze des eigenen Landes zu kommen,

73

welcher Findigkeit es bedurfte, um dann überhaupt erst den Feind zu entdecken, der natürlich auch nicht gerade an seinen Grenzen hockte ...

Eisenbahnen oder Flugzeuge standen diesen Völkern nun einmal nicht zur Verfügung, Straßen und Chausseen gab es nicht, der Urwald war fast undurchdringlich; nur das Überschreiten der Flüsse war nicht schwierig, denn jeder Indianer war von frühester Kindheit an ein guter und ausdauernder Schwimmer. Und da es Wild im Überfluß gab, war auch die Verpflegung großer Kriegsscharen nie ein Problem – aber im großen und ganzen waren die Mühen eines wirklichen Kriegszuges so groß, daß auch die kriegslustigsten Völker in der Regel höchstens »Grenzstreitigkeiten« durchzufechten hatten. Das soll heißen: War das Kriegsbeil ausgegraben, so stritten sich die Männer an den Grenzen miteinander herum, überfielen einander, raubten Pferde, griffen wohl auch einmal ein befestigtes Dorf an – aber schon das war höchst selten. So etwas liebte der Indianer nicht.

In der offenen Steppe aus dem Stegreif heraus eine feindliche Schar zu überfallen, im Vorüberbrausen vier, fünf Skalpe zu erbeuten und am Horizont zu verschwinden, verfolgt von den Überfallenen, das war Indianerbrauch.

Schwerer freilich waren schon die Kämpfe der Waldstämme, und einer der größten Kriege war der, den die unter dem Namen Irokesen-Liga (Hodenosauni) bekannten verbündeten sechs Nationen gegen die Wyandot führten. Durch den Ansturm der Weißen waren die sechs irokesischen Nationen immer mehr nach Westen gedrängt worden, wo sie nur durch härteste Kämpfe neues Land gewinnen konnten.

Die Wyandot waren ebenfalls ein Zusammenschluß von vier Unterstämmen und gehörten der gleichen Sprachfamilie wie die Hodenosauni an. Sie unterhielten gute Beziehungen zu den französischen Pelztierjägern und -händlern, doch das brachte sie auch in Kontakt mit den Krankheiten der Weißen, durch die sie furchtbare Verluste erlitten. Die solchermaßen dezimierten

Stämme waren dem Ansturm der Hodenosauni rasch unterlegen, die ebenfalls an der Kontrolle des Pelzhandels interessiert waren. Die Wyandot wichen aus ihren ursprünglichen Sitzen an den Ufern des St. Lorenz-Stromes erst nach Süden aus, dann bis an den See zurück, der später ihren Namen erhielt.* Auch hier mußten sie sich gegen die Hodenosauni wehren, die im Gegensatz zu den Wyandot reichlich mit Waffen versorgt waren. Das brachte sie erneut ins Hintertreffen. Ein Teil der Wyandot rettete sich, indem er sich in die feindliche Nation aufnehmen ließ, ein kleinerer floh bis an die Grenzen des Lakota-Landes.

Die erbitterten kriegerischen Auseinandersetzungen zwischen den Hodenosauni und den Wyandot waren nicht typisch für die indianische Art der Kriegsführung und sind einmal durch die Veränderung ihres Lebensraumes durch die Weißen zu erklären, zum anderen dadurch, daß sie zu den wenigen indianischen Stämmen gehörten, die eine Form von »Blutrache« kannten. Vernichtungskriege im europäischen Sinn sind jedoch von den Indianern nur vereinzelt geführt worden, denn die immerhin spärlichen Berichte aus den Indianerkämpfen wissen von keinem ähnlichen Kampf. Die Lakota waren schon Cooper bekannt als ein volkreicher Stamm, der »ununterbrochen« Kriege führte, die Siksika nicht minder – und dennoch hatten beide, haben die Siksika noch heute ständig etwa vierzig- bis fünfzigtausend Seelen. »Ununterbrochene« Kriege würden ihre Zahl schneller vermindert haben.

Katastrophen wie die eben geschilderte Vernichtung der Wyandot wurden erst häufiger, als die Weißen ins Land kamen, und was die Kugel begann, das vollendeten die Pocken und der Branntwein.

Der Indianer war, wenn er im Frieden seines Dorfes lebte, von sanftem, fröhlichem Charakter. Er war ehrlich und ehrhaft, der

---

* Der Huronen-See. Die Wyandot wurden von den Franzosen »Huronen« (= Langschädel) genannt.

Gast war willkommen und unverletzlich, die Kinder wurden geliebt und umsorgt, und das Familienleben war von einer Reinheit der Empfindung, die den ersten weißen Ansiedlern besser als Vorbild denn als Gegenstand des Spottes hätte dienen sollen.

Die Shawnee waren wie manche andere Stämme von ihrem Geschick viel umhergejagt worden, ursprünglich scheinen sie an der Küste des Atlantischen Meeres gelebt zu haben; von dort waren sie vor den Weißen in das Land der Muskogee zurückgewichen, die in den Hochtälern des südlichen Allegheny-Gebirges wohnten. Das anfängliche Bündnis mit diesem mächtigen Volke war bald zerbrochen worden; ein Teil der Shawnee zog westwärts über den Mississippi, der andere – unter ihnen schon der junge Cornstalk – brach in Kentucky ein, das unbevölkert war. Aber auch hier fanden sie keine Ruhe, denn dieses Gebiet beanspruchten die Ani Yunwiya als ihre Jagdgründe, obwohl sie weiter südlich jenseits des Cumberland-River wohnten.

Es kam zu blutigen, erbitterten Kriegen. Aber die Shawnee, geschwächt durch den Abzug der Hälfte ihres Volkes über den Mississippi, mußten schließlich weichen. Sie gingen über den Ohio und schoben sich zwischen die Miami und die Lenni Lenape; ihr Kernland wurde das Tal des Scioto-River – und der Klugheit Cornstalks nicht weniger als seiner kriegerischen Wildheit gelang es, zu festen Bündnissen mit den Nachbarn zu kommen. Bald hatten sich die Shawnee zu den stillschweigend anerkannten Führern des neuen Bundes emporgeschwungen. Und gerade in jenen Jahren ging die Sage um, daß der über den Mississippi versprengte Volksteil sich wieder mit den Shawnee am Scioto-River vereinigen wolle, da sie sich, allein unter ihren Nachbarn, ebenfalls zu schwach fühlten.

Cornstalk und die Seinen empfanden Kentucky als ihre eigentliche Heimat, und niemals haben sie, niemals hat auch Tecumseh den Anspruch auf dieses »Land des grünen Rohrs« aufgegeben. Die Kämpfe der Shawnee hatten sie zu gefürchteten

Gegnern gemacht, sie kannten alle Listen der Küstenstämme, der Gebirgsvölker, der Wald- und Präriebewohner. Ihre Sitten unterschieden sich in mancher Beziehung von denen der reinen Prärievölker; sie hatten feste Dörfer, sie betrieben mehr Ackerbau, und sie hatten auch eine andere Kampfesweise. Manche ihrer Stämme hatten überhaupt keine Pferde.

Die Chilacatha waren eine Abteilung, die jetzt an der Grenze zwischen Prärie- und Waldland wohnte, sie waren Meister im Reitergefecht und im Waldkriege, und darum waren sie auch bei den späteren Kämpfen mit den Weißen die Kerntruppe und die Seele aller Kriege. Es war kein Zufall, daß der größte Kriegshäuptling der Shawnee, Cornstalk, den Chilacatha angehörte. Es war auch kein Zufall, daß sie die besten Jäger unter allen Shawnee waren.

Sie jagten den Büffel und den Hirsch, sie wußten, wie man dem Biber nachstellt, sie schossen die Wildgans aus dem Fluge herunter und bekämpften den braunen und den grauen Bären. Sie erlegten die großen, grauen Wölfe der Prärie, zogen deren Junge auf und ließen sie sich mit ihren Hunden vermischen. Sie waren kühn, schnell und gewandt, und bei der Jagd auf den Büffel standen sie selbst den Lakota, den Absaroke und den Siksika, die an den Ufern des Mini-schosch* wohnten und die doch die Meister in dieser Jagd waren, nicht nach. –

Als am Tage nach der Abreise Konrad Wulfs die Sonne sich über dem fernen Allegheny-Gebirge erhob, erwachte das Dorf der Shawnee zu fröhlicher, lärmender Geschäftigkeit. Heute endlich sollte der Auszug zu den Herbstjagden erfolgen. Die Pferdewächter hielten mit ihren Tieren schon draußen vor dem Ausgang, die langen Zeltstangen waren schon bereitgelegt, sie wurden von den Kriegern jedem der Packpferde rechts und links so am Sattel befestigt, daß das schwere Ende nachschleppte. Inzwischen brachten Mädchen, Frauen und Kinder Querstan-

---

* Missouri.

gen von etwa drei bis vier Fuß Länge heran, die mit den langen Zeltstützen durch Riemen haltbar, aber elastisch verbunden wurden. Auf die so entstandenen Rahmen legte man nun die Zelthäute, Decken, das geringfügige Hausgerät, einen größeren Vorrat getrockneten Fleisches und Maiskolben. Die zahlreichen Hunde wurden ähnlich, aber natürlich viel leichter bepackt. Dann saßen die Frauen der zur Jagd ausreitenden Männer auf, und unter Gelächter, Geschwätz und fröhlichen Zurufen setzte sich der Zug, umringt von etwa hundert Kriegern, nach einer knappen halben Stunde unter Führung des Häuptlings Lälaschikah in Bewegung.

Die Männer ritten sämtlich auf unbepackten Pferden; wenn die Shawnee auch mit allen ihren Nachbarn in Frieden, mit den Lenni Lenape im Osten und den Miami im Nordwesten sogar in festem Bunde lebten, so waren doch immerhin räuberische Überfälle entfernterer Nationen möglich. Sie mußten also ständig kampfbereit sein. Vor allem aber waren Zusammenstöße mit weißen Männern nicht ausgeschlossen. Weiße zogen zwar nicht in solcher Anzahl durch den Wald, aber jeder Weiße hatte eine lange Büchse, und so mancher von ihnen schoß mit tödlicher Sicherheit.

Der tiefere und wahre Grund dafür, daß die Männer unbeschwert von Gepäck auf unbeschwerten Pferden saßen, war aber ihr unbändiger Freiheitsdrang, der sich in stürmenden Galoppaden, Reiterkunststücken, vorgetäuschten Fluchten und Verfolgungen austoben mußte. Es war ein fröhliches Spiel von natürlicher Anmut, Kraft und Wildheit, und sorglos waren diese Männer und Frauen alle, solange kein Feind in der Nähe war. Und selbst dann legten sie ihre sorglose Art nicht ab; denn statt zu planen und zu überlegen, warfen sie sich nicht selten in überschäumender Tapferkeit in den Kampf, wie sich etwa ein Schwimmer mit kühnem Sprung, Kopf voran, von der Höhe ins tiefe Wasser stürzt.

Cornstalk war im Dorfe geblieben, zusammen mit den älteren

Leuten, den Kindern und etwa achtzig Kriegern, die zur Verteidigung durchaus ausreichten. In jener Zeit war Chillicothe noch klein. Cornstalk, der Oberhäuptling, in dessen Gegenwart die Fröhlichkeit nie recht aufkommen wollte, war also nicht bei diesem Zuge, und so kam die Heiterkeit des im Grunde harmlosen und sanften Volkes bald voll zum Ausbruch. Der lange Zug bot ein buntes, eigenartiges und bewegtes Bild, das in den Augen eines Europäers von heute vielleicht sogar einen etwas komischen Anstrich gehabt hätte. Die Pferde der Frauen und Mädchen zogen in langen Reihen und mit großen Abständen eines hinter dem andern dahin; der Abstand wurde durch die langen Stangenschlitten noch vergrößert, die Hunde fühlten sich mit dem ungewohnten Gepäck in einer recht jämmerlichen, betrüblichen Rolle, klagten, jaulten und bellten ihre Herren und Herrinnen an, trotteten aber doch geduldig an den Seiten mit. Die Männer umschwärmten auf ihren schnellen und feurigen Mustangs die Karawane, die eher einem Wanderzirkus glich als einer Schar jener »berüchtigten, hinterlistigen, grausamen und feigen Schufte«, als die die Indianer damals an der Grenze verschrien waren. Die freudige Aufregung der Reiter teilte sich bald den Pferden und sogar den Hunden mit. Auch die Tiere merkten es: das eintönige Dorfleben war vorüber. Und die Krieger jubelten: Jetzt war das müßige Herumsitzen vorbei, jetzt begann die Freiheit der Wanderung, begannen die Jagden auf Büffel und Hirschen, jetzt sollten sie wieder ihre Kraft und Schnelligkeit, ihre Geschicklichkeit und Kühnheit zeigen.

Diese Menschen wußten die Pracht und den überfließenden Reichtum der sie umgebenden Natur sehr wohl zu schätzen, machte diese Natur doch ihr Leben leicht und froh.

Die Sonne stand nun schon höher über den östlichen Bergen, die Kühle des Morgens begann zu weichen, der Morgennebel – in diesen letzten Tagen des August ohnehin nicht sehr dicht – war verflogen. Sie ritten den Fluß abwärts, und nach einigen Stunden kamen sie an die Stromschnellen. Von hier an fiel das

Land schnell ab. Ausgebreitet lagen die Wälder der tieferen Gegenden, das Stromland des Ohio vor ihnen, und hinter den Hügelreihen am südlichen Horizont lag jene Ebene der Büffel, der Hirsche, der Wildgänse und Wildenten, die noch keines Weißen Fuß betreten hatte, in der sie Könige waren.

Dort würden sie andere Sippen ihres Volkes finden, dort wollten sie Bekannte früherer Jahre treffen – dort war das Leben ein Fest, eine unendliche Jagd, eine Kette von Erfolgen.

Nach einem Ritt von sechs Tagen trafen die Reiter an der Stelle ein, an der sie alljährlich bei ihren Herbstjagden lagerten. Menschen und Tiere waren froh, daß der zuletzt doch langweilig und beschwerlich gewordene Ritt zu Ende war. Die »Hunde«, die vorausgeritten waren und schon in den Tagen vorher die Ordner gestellt hatten, wiesen jeder Zeltgemeinschaft ihren Platz an. Männer, Frauen und Mädchen griffen zu, und nach kaum einer Stunde standen alle Zelte.

Der Moha-River, ein Nebenflüßchen des Kentucky-River, hatte sich, wie alle Bäche und Flüsse dieses Landes, tief in den Kalkstein eingefressen und floß hier etwa vierzig Fuß tiefer als die Ebene selbst in der Talsohle. Am Lagerplatz des Stammes traten die Seitenwände etwas zurück und ließen eine ellipsenförmige, fast ebene Lichtung frei, die sich bachauf und -abwärts stark verengte. Dieser Platz war die traditionelle Lagerstätte der Chilacatha bei ihren Herbstjagden, und wie sie die Lagerplätze der übrigen Stämme ihres Volkes achteten, so respektierten die wieder diese Stelle. Denn um diese Zeit jagten alle Dörfer der Shawnee in der Ebene des Wildes.

Sie suchten dies Versteck nicht auf, um vor der Entdeckung durch Feinde sicher zu sein; Feinde waren hier nicht zu fürchten, denn die ganze Ebene wimmelte um diese Zeit von Shawnee. Mindestens tausend Krieger, die überall umherschwärmten, waren in jedem Herbst hier versammelt. Zwei Rauchsäulen hätten in wenigen Stunden genügend Hilfe für jede überfallene Abteilung herbeigeholt.

Aber die senkrechten Wände des Tales schützten gut vor jedem Wind, und in der Ausnutzung solcher natürlicher Vorteile des Bodens waren die Indianer Meister.

Die Form der Lichtung verbot die kreisrunde Anlage des Lagers, die bei den Shawnee sonst üblich war, aber alle Zelteingänge blickten nach dem Platz in der Mitte, der frei blieb. Im Osten, dicht unter dem hier ziemlich steilen Abhang eines nicht sehr hohen Hügels, stand das Zelt des Häuptlings. Vor dem Eingang stak eine Lanze mit dem Schaftende in der Erde; an der eisernen Spitze hingen sechs Fuß über dem Boden drei Federn des Kriegsadlers und der Skalp eines getöteten Feindes.

Die Zelte waren zum großen Teil sehr geräumig; sie hatten durchschnittlich eine Höhe von zwanzig Fuß. Fünfzehn bis zwanzig Personen konnten darin gut sitzen und essen, sie waren allerdings in der Regel nur von etwa fünf bis sechs Personen bewohnt.

Der Bund der »Hunde« hatte wie immer die Ordnungsgewalt. Es war Pflicht ihres Anführers, am Tage der Ankunft an einem neuen Lagerplatz die Aufsicht selbst zu führen. Aber Tecumsehs Amt war nicht sonderlich schwer. Die Indianer waren viel zu vertraut damit, wie man ein Lager aufschlägt, als daß es zu irgendwelchen ernsthafteren Streitigkeiten gekommen wäre. Wo aber ein Wortwechsel entstand, genügten drei, vier ruhige Worte, um wieder Frieden beizuführen – und es war seltsam zu sehen, wie selbst ältere Männer den Worten des jungen Kriegers widerspruchslos gehorchten. Die Ordner hatten unbeschränkte Macht, sie hatten das Recht, schwere Strafen zu verhängen, und machten – das wußte jeder – von ihrem Rechte Gebrauch, wenn Übertretungen der Lagergesetze vorkamen. Und der Bund der »Hunde« stand zusammen wie ein Mann, wenn es galt, sein Recht und seine Pflicht zu verteidigen.

Übertretungen der Lagergesetze kamen von Zeit zu Zeit wohl vor, Widerstand gegen die etwa verhängten Strafen aber war, seit diese Krieger denken konnten, nicht versucht worden. Die »Hunde« hätten ihn auch mit aller Macht niedergebrochen.

Die von Zuckerahornen, Tulpen- und Gurkenbäumen, Buchen und Akazien bestandenen Randhöhen, das Wiesentälchen mit dem munteren Moha-River, in den einige Weiden ihre Zweige hängten, boten jetzt im Herbst einen lieblichen Anblick. Die hohen Zelte, deren Leder weiß wie gebleichtes Leinen war, die schlanken Gestalten der Indianer in ihrer schönen, reich und kunstvoll verzierten, mit Stachelschweinborsten bestickten Kleidung, die im Hintergrund weidenden Pferde, das alles gab ein Bild, das das Auge eines Malers entzückt hätte. Und in Wahrheit waren diese Indianer gesunde, frohe und glückliche Menschen. Ihre bescheidenen Bedürfnisse konnten sie mit leichter Mühe aus der überreichen Natur des Landes befriedigen, gegen ihre Unbilden wußten sie sich zu schützen, das ständige Leben im Freien, Jagd, Fischfang und Ackerbau härteten sie von frühester Kindheit an ab und ließen Krankheiten kaum aufkommen.

Immer wieder muß es gesagt werden, daß der sanfte und fröhliche Charakter dieser angeblichen »Wilden« eine ihrer schönsten und liebenswertesten Eigenschaften war. Erst die Brutalität, Überheblichkeit und niedrige Gesinnung unter den ständig weiter vordringenden Siedlern und dem abenteuerlustigen Gesindel, das die Grenzen der nordamerikanischen Kolonien damals unsicher machte, stachelte die ehrlichen und vertrauensvollen Völker zu der Wildheit auf, die bald das Kennzeichen aller Rachezüge der Indianer wurde. Ursprünglich sahen sie in den Weißen Menschen, denen sie unbefangen und vertrauend entgegentraten, und sie mußten oft enttäuscht werden, bevor sie begriffen, daß nur rücksichtslose Gegenwehr sie retten konnte.

Dann freilich, wenn Zorn und Rachsucht in ihnen erwacht waren, waren sie von einer unerbittlichen Grausamkeit gegen ihre Feinde, und dann hatten auch friedliche Bauern und Ansiedler mit ihren Frauen und Kindern unter den Folgen der Taten zu leiden, die weiße Totschläger und Mörder verübt hatten – und doch wurden die schlimmsten Taten der sogenannten Wilden von den Verbrechen in den Schatten gestellt, die weiße Männer an ihnen verübten, diese weißen Männer, deren Religion ihnen doch befahl, ihre Feinde zu lieben. –

Zu gleicher Zeit mit den Chilacatha trafen auch die übrigen Abteilungen der Shawnee in der Ebene des Wildes ein, die sich hier am Mittellaufe des Kentucky etwa achtzig Meilen von Westen nach Osten und fast zweihundert Meilen nach Süden erstreckte. Die nächsten Tage vergingen mit Begrüßungsfeierlichkeiten, an deren ererbtem Zeremoniell die Indianer mit Ernst festhielten. Scheingefechte, Tänze, Gesänge, Ballspiele füllten die Tage aus; den Höhepunkt und gleichzeitig den Abschluß dieser Zeremonien bildete der »Hundetanz«.

An diesem letzten »Abend der Begrüßungen« lagerten fast tausend Shawnee am Ufer des Ohio, etwa zehn Meilen vom Moha entfernt, um einen Kranz von großen Feuern, in deren Mitte ein Platz von etwa achtzig Fuß Durchmesser frei geblieben war.

Rundherum lagen und saßen zunächst die Krieger des Volkes, hinter ihnen standen die Frauen und Mädchen auf niedrigen Erhebungen, auf den Abhängen einiger Hügel, ja, sie standen zu zweien, zu dreien auf schnell herbeigeholten Pferden, um sehen zu können, was an den Feuern vorging. Es war dunkler Abend.

In das erwartungsvolle Schweigen hinein scholl plötzlich der erregende, aufpeitschende Kriegsruf der Shawnee, und ein einzelner Reiter in reichem Schmuck von Adlerfedern drängte sich rücksichtslos durch die Menge, die schnell eine schmale Gasse freimachte, sprengte in den Feuerkreis, den er zweimal in rasendem Galopp umkreiste. Eine lange, schmale Stirnbinde aus rotem Tuch flatterte hinter ihm drein. Dann sprang er aus dem Sattel, trieb seinen Hengst durch eine Lücke zwischen den Feuern, stellte sich in der Mitte des Platzes auf und stieß die lange Lanze, die er in seinen Händen trug, durch das nun auf der Erde liegende Ende seiner roten Schärpe in den Boden. Jetzt schlüpften von allen Seiten »Hunde« in den Kreis und ließen sich, mit dem Rücken gegen die Feuer gewandt, auf den Boden nieder.

Dann begann der Anführer, mit beiden Händen seine Lanze haltend, leise, dumpfe, eintönige Worte zu singen. Die »Hunde« an den Feuern begleiteten sie, indem sie Rasseln schwangen, mit dem Handrücken auf kleine Trommeln schlugen, ihre Messer gegeneinander wetzten. Da und dort fielen einige in den Gesang ihres Anführers ein, und plötzlich schnellten vier Tänzer in den Kreis und taumelten in seltsam schwankenden Bewegungen, mit erhobenem Tomahawk um den einzelnen Mann in der Mitte, der regungslos dastand, aber wilder und lauter zu singen begann. Nun stellten sich die vier Unterführer um das Haupt des Bundes, fielen mit schneidenden, gellenden Lauten in seine Beschwörung ein – und wie vom Winde emporgeweht taumelten alle die im Feuerkreis Sitzenden empor, drehten sich in verwirrendem Gewühl, alle die Kriegsbeile mit der rechten Hand über dem Kopfe haltend.

Und während die fünf in der Mitte immer wilder, aufreizender sangen, summten alle übrigen schleppende, fast tonlose Klagelaute.

Da plötzlich – ein schneidendes, langgezogenes, gellendes »Hooo –« des Führers, das die Tänzer zusammenfahren ließ und die Zuhörer fast vom Boden aufjagte.

Dann begann der Tanz von neuem, aber nun wild, erregt; drohende Rufe unterbrachen den immer lauter, immer schneller werdenden Gesang. Die Tänzer stampften auf den Boden, schlugen die Kriegsbeile gegeneinander, dazwischen schallten die dumpfen Töne der Trommeln. Die Trommeln drangen immer stärker durch, der Gesang wurde schwächer, und nun kam ein neuer Rhythmus, der langsamer, geschlossener klang.

Die »Hunde« sangen feierlich und beschwörend das Lied von der großen Büffeljagd, in dem sie das Große Geheimnis anflehten, ihnen Herden zu senden, ihnen Nahrung und Felle für den Winter zu schenken. Und am Schluß begann die Jagd selbst. Mit stumpfen Pfeilen schossen sie sich gegenseitig an. Die Getroffenen fielen zu Boden und wurden an die Feuer geschleift, bis nur noch die fünf ersten Tänzer in der Mitte des Kreises standen. Der Gesang brach ab.

Die vier Unterführer zogen nun die Lanze aus der Erde, das Haupt des Bundes war wieder frei. Auch sie setzten sich auf den Boden, und die »Hunde« an den Feuern begannen schweigend die Flammen mit Sand zu ersticken. Sie durften den Kreis nicht eher verlassen, als bis auch die letzte Glut erloschen war.

Langsam wich der Bann, der auf den Zuschauern gelegen hatte. Worte, Lärm, Gelächter erwachten. Dann zerstreuten sich die Indianer über die Ebene. Der Mond war aufgegangen und goß sein Licht über die davonreitenden Stämme, die ihre Lagerplätze wieder aufsuchten.

Dieser Tanz der »Hunde« fand stets in der ersten Vollmondnacht im Monat des reifen Maises* statt. Wer in den Zelten der Männer nur irgendwie abkömmlich war, fand sich als Zuschauer ein. Mit diesem Tanz eröffneten die Shawnee die großen Herbstjagden.

Morgen für Morgen zogen nun die Jäger hinaus, und Abend für Abend brachten die Packpferde ungeheure Mengen von Fleisch und Fellen in das Lager zurück. So aufregend die Jagd selbst war, so anstrengend und mühsam war die Verarbeitung der Beute.

In der Zeit der Herbstjagden waren die Lager- und Jagdgesetze besonders streng; sehr hohe Strafen erwarteten den, der ohne Erlaubnis des Stammes auf die Jagd ging; er hätte ja die Herden vertreiben können.

Sobald die ausgesandten Späher Büffel meldeten, war es die erste Sorge, »unter den Wind« zu kommen; wenn dann die Herde gesichtet wurde, so kam es ganz auf das Gelände an, wie die Jäger vorgingen. War die Herde sehr groß, so versuchten sie

---

* September.

durch wildes Geschrei, tollkühnes Hineinreiten in die Herden, durch Schwenken von Lanzen und Häuten, einen Teil davon abzusprengen, was diesen erfahrenen Jägern stets ohne besondere Schwierigkeiten gelang. Kleinere Herden, die sich beim Anblick der Jäger sofort eng zusammenschlossen, griffen die Indianer meistens nur mit einem Teil ihrer Mannschaft an, jagten sie über die Prärie, dann brachen von der Seite oder von vorne andere Jäger in die Herde ein, von der dann ein Teil zu fliehen pflegte, während ein anderer sich gegen die Jäger kehrte, ein dritter wohl gar unbekümmert um die Gefahr weiter über die Ebene stürmte. Ganz besonders beliebt war das Hineintreiben kleinerer Herden in Seitenschluchten oder enge Täler, in denen sie dann mühelos erlegt werden konnten.

Die Shawnee bewaffneten sich für diese Jagden mit Lanzen und mit Pfeil und Bogen. Büchsen gab es zu jener Zeit unter den Indianern noch so gut wie gar nicht, und wo ein Krieger wirklich im Besitz einer Rifle war, zog er es bei den Büffeljagden meistens vor, den Bogen zu benützen. Diese kleine und unscheinbare Waffe hatte in der Hand der Roten eine furchtbare Gewalt. Sie trieben ihre Pferde bis auf drei oder vier Schritt Entfernung an die ausgewählte Jagdbeute heran, und während Büffel und Mustang nebeneinander dahinjagten, schoß der Reiter mit tödlicher Sicherheit den mit Widerhaken besetzten Pfeil in das Herz seines Opfers.

Bei jeder Jagd aber fanden sich Stiere, die, durch das Geheul und Geschrei wild gemacht, durch Wunden gereizt, oft schon mit dem tödlichen Pfeil im Leibe, sich gegen ihre Angreifer wandten. Und ehe der Reiter seinen Mustang wenden konnte, nahm der Büffel sein Pferd auf die Hörner, so daß der Indianer nur mit einem Sprung aus dem Sattel und durch schleunige Flucht sein Leben retten konnte.

Eine besonders aufregende, abwechslungsreiche und wilde Jagd fand in den letzten Tagen des September statt. Die ausgesandten Späher waren an diesem Morgen weit in die Ebene hinausgeritten, ohne daß sie größere Büffelherden entdeckt hatten. Der Vormittag war schon weit vorgeschritten, und der Häuptling Lälaschikah fürchtete bereits, daß die Meldung nicht mehr rechtzeitig eintreffen würde. Er hatte ganz gegen seine Gewohnheit etwa zwanzig Berittene einem kleinen Trupp von etwa zehn Büffeln nachgeschickt, die sich im Norden gezeigt hatten, und die Krieger hatten die jüngsten und besten Tiere daraus bald erlegt.

Da tauchte im Südosten ein einzelner Reiter auf, der in gestrecktem Galopp heranjagte, ohne sein Pferd zu schonen. Kaum hatte der Häuptling ihn erblickt, als er in den Sattel sprang, die wartenden Krieger taten das gleiche, und schon brauste die ganze Schar dem Boten entgegen.

Er meldete das Auftauchen einer ungeheuren Herde, die die »Erde bedeckte; die Prärie sei schwarz von ihnen wie der Himmel von Wolken bei Gewitter«.

Kish-kalwa, ein Krieger etwa im Alter von Tecumseh, berichtete, daß einige der »Hunde«, unter ihnen Tecumseh selbst, die breit ausgeschwärmt nach Süden geritten waren, fast gleichzeitig auf die ersten Vorläufer einer unabsehbar großen Büffelherde gestoßen waren, die weidend von Osten nach Westen über die Ebene wanderte. Der Führer der »Hunde« bewies hier wieder einmal seine ungewöhnlichen Gaben, denn er übersah mit einem Schlage, welch eine entscheidende Bedeutung das Ereignis für alle Stämme der Shawnee hatte. Die Späher, die auch an diesem Tage wie immer aus den »Hunden« gewählt worden waren, hatten die Herde kaum erblickt, ihre Größe kaum erkannt, als sie umkehrten und sich vor allem außer Sicht brachten, um die Tiere nicht zu beunruhigen. Das war natürlich stets die Taktik der Kundschafter. Sie ritten in höchster Eile zu Tecumseh, der sofort Kish-kalwa an den Häuptling seines Stammes entsandte, allen übrigen aber befahl, so weit wie möglich nach Süden und Westen zu reiten und überall auf allen Höhen vier Feuer zu entzünden. Die »Hunde« hatten ihren Führer ganz entgeistert angestarrt, und in der Tat war es etwas ganz Unerhörtes, daß ein Jüngling in seinem Alter, ein unerprobter, einfacher Krieger, der weder einen berühmten Namen noch eine Stimme im Rat hatte, sich so kaltblütig herausnahm, die ganze Nation der Shawnee zusammenzurufen. Denn vier Feuer auf einem Hügel, vier Rauchfahnen, das bedeutete: die gesamte streitbare Mannschaft, alles, was Pferde und Pfeile hatte, auf dem schnellsten Wege, ohne auch nur die geringste Verzögerung herbei!

Die »Hunde« hatten sich teilweise sogar geweigert, den Befehl auszuführen, denn wenn die Häuptlinge diese Signale als ungerechtfertigt ansahen, so hieß das, daß sie alle vor den Hohen Rat kamen, ja, vielleicht sogar aus dem Stamme ausgestoßen würden. Nur die obersten Kriegshäuptlinge hatten das Recht, in Fällen dringendster Gefahr das ganze Volk zusammenzurufen, mit solchen Rechten ließen die Häuptlinge keinen Spaß treiben.

Tecumseh aber, statt von seiner Befehlsgewalt als Anführer des Bundes der »Hunde« Gebrauch zu machen, erwiderte nichts als:

»Wenn meine Brüder mir gehorchen, wird man in Chillicothe ihnen zu Ehren den großen Büffeltanz tanzen. Dort in der Ebene ist Fleisch für alle Shawnee. Wenn meine Brüder säumig sind, werden die Büffel über den Strom der Shawnee ziehen.«

Jetzt verstanden und gehorchten alle.

Kish-kalwa hatte kaum so weit berichtet, als Lälaschikah ihn unterbrach und einen Boten ins Lager sandte mit dem Befehl, daß alle Frauen mit allen Pferden und Hunden sofort nachzukommen hätten; dann sagte er zu Kish-kalwa:

»Cornstalk hat recht gehabt, der Fliegende Pfeil wird ein großer Krieger werden. Nur noch wenige Winter, und in allen Stämmen der Shawnee wird man seinen Namen kennen.«

Kish-kalwa, der mit geheimem Bangen darauf gewartet hatte, wie der Häuptling die bis dahin unerhörte Eigenmächtigkeit seines Freundes aufnehmen würde, atmete auf: seine Augen leuchteten vor Stolz.

Nach etwa einstündigem Ritt sahen sie die ersten Rauchsäulen vor sich, und je weiter sie nach Süden kamen, um so häufiger wurden diese Zeichen. Bald sahen sie auch einen mächtigen Reitertrupp von Westen her den Feuern zustreben, nach denen auch sie unterwegs waren. Die beiden Scharen vereinigten sich schon vor dem Hügel, von dem die Rauchfahnen wehten, die Häuptlinge riefen sich gegenseitig an, und der Anführer des fremden Trupps, den die zahlreichen Signale in ungeheure Aufregung versetzt hatten, fragte erregt:

»Weiß mein Bruder Lälaschikah, was diese Zeichen bedeuten? Ist ein Unglück über die Shawnee bekommen?«

Der Angeredete deutete stumm auf den Gipfel des Hügels vor ihnen, der jetzt nur noch wenige hundert Schritt von ihnen entfernt war und auf dem bereits achtzig Reiter versammelt waren, die alle unverwandt nach Süden schauten und sich um die beiden neuen Trupps nicht im geringsten kümmerten.

Als diese den Kamm der Hügelkette erreicht hatten, drängte sich Bluejacket, der Häuptling des zweiten Trupps – sie gehörten zum Clan Psake-the (Hirsch) – rücksichtslos durch die dort haltenden Reiter, die alle unverwandt nach Süden schauten und auch jetzt die beiden neuen Scharen nicht beachteten, zu den vier Feuern, ohne auch nur einen Blick in die weite Ebene zu werfen, die wie ein endloses, gelbgrünes Meer hinter der Hügelkette lag. Die Feuer waren im Viereck angelegt; in ihrer Mitte stand der Rufer, ein Beauftragter Tecumsehs. Wild rief ihn Bluejacket an:

»Wer befahl dem Jungen Wolf, die Shawnee zu rufen? Welche Gefahr droht?«

»Tecumseh vom Clan der Mse-passe hat die Feuer angezündet«, entgegnete mit fester Stimme Ein Pfeil, auch einer von Tecumsehs Freunden, obwohl ihm keineswegs so getrost zumute war, wie er glauben machen wollte. Bluejacket stieß seinem Mustang die Hacken in den Leib. Er riß ihn am Zügel zurück und ließ ihn einen Tanz auf den Hinterbeinen vollführen. Ohne

seinem Pferde weiter Beachtung zu schenken (der Häuptling war
ein berühmter Reiter und hielt sich mühelos im Sattel), fragte er
mit fast erstickter Stimme:

»Hat der Böse Geist dem Knaben den Verstand verwirrt? Ein
Häuptling wagt nicht zu tun, was der Fliegende Pfeil tat! Die
Feuer schützen dich jetzt, sonst würde Bluejacket nicht warten,
bis das Gericht tagt.«

Ein Pfeil wies mit einer Handbewegung nach Südosten in die
Ebene, der Häuptling folgte unwillkürlich seinem Blick und ließ
sein Pferd nach vorn fallen. Er sah jetzt zum ersten Male schärfer
in die Ebene hinaus, auch war ihm inzwischen doch das Schweigen der übrigen Shawnee aufgefallen. In einem nach Osten
offenen Halbkreis wehten überall, im Westen, im Süden und
sogar im Südosten zahlreiche Rauchsignale. In der Ebene selbst
sah man einige kleinere Herden wilder Pferde, auch einige
Hirsche, aber all diesen Tieren galt kein Blick der Indianer.
Obwohl der Himmel blau und wolkenlos war, lagen doch weit
hinten am Horizont schwarze Schatten von ungeheurer Ausdehnung auf der Prärie, schwarze, dichte Wolken, die das Grün der
Ebene verdeckten.

Bluejacket war ein Mann von vielen Wintern, ein erfahrener
Jäger. Noch einen zweiten scharfen Blick sandte er hinunter,
dann wußte er, warum die anderen alle um ihn her in tiefem,
atemlosem Schweigen saßen und schauten. Das dort hinten
waren Büffel, Büffel in ungeheuren Herden, in zahllosen Scharen, Zehntausende, Hunderttausende von Tieren. Das bedeutete
Nahrung für den ganzen Winter, für alle Shawnee. Das hieß:
Felle für den Tauschhandel, Felle für Zelte, das hieß Reichtum
und Überfluß. Erst einmal in seinem Leben hatte er eine solche
Herde gesehen, damals war er noch ein junger Krieger gewesen,
aber diesen Anblick hatte er nicht vergessen. Er war gebannt wie
alle Shawnee um ihn her; es ging eine Verwandlung in ihm vor,
denn die Wolken dort auf der Ebene bedeuteten auch: Jagd,
Jagd, Jagd. Unwillkürlich faßte er seinen Bogen fester, das

Jagdfieber hatte ihn gepackt, seine Augen leuchteten, alle Sehnen seines Körpers spannten sich. Er saß auf seinem Pferde, vornübergebeugt, mit verhaltenem Atem, regungslos, und so saßen auch alle anderen Indianer um ihn her.

Ein Pfeil, der die Veränderung im Wesen des Häuptlings wohl bemerkt hatte, sagte:

»Es ist Gefahr, daß die Büffel über den Strom der Shawnee an den großen Fischfluß* ziehen. Darum hat Tecumseh die Shawnee gerufen.«

Bluejacket warf einen flüchtigen Blick auf den Sprecher, riß sich mit Gewalt von dem Anblick da unten los und wandte sich suchend um. Lälaschikah und der Führer des Truthahn-Clans, die sie bei ihrer Ankunft auf dem Hügel schon vorgefunden hatten, drängten sich bereits zu ihm durch. Bluejacket wandte sich an den ersteren, da ja der Rufer zwischen den Feuern zu den Chilacatha gehörte:

»Hat mein Bruder Nachricht von den Spähern seines Stammes?«

»Tecumseh, der Fliegende Pfeil der Chilacatha, sandte einen Boten an mich«, erwiderte Lälaschikah, »es ist Gefahr, daß die Herden das Land der Shawnee verlassen, denn sie wandern nach Westen. Die Häuptlinge«, fügte er höflich hinzu, »wissen, was zu tun ist.«

Es folgte eine ganz kurze Beratung, die Sachlage war so klar, daß mit wenigen Worten volle Übereinstimmung erzielt wurde. Wo die Büffel waren, das sahen sie; wo die anderen Shawnee sich sammelten, das sahen sie auch, und zwar daran, wie Tecumseh die Feuerzeichen hatte verteilen lassen. Überall, wo Rauchfahnen wehten, sammelten sich jetzt die Sippen der Shawnee, und die Signale, die am weitesten nach Süden und Südosten lagen, lagen bereits jenseits der Büffelherden. Es kam jetzt darauf an, den Zug der Büffel nach Norden zu lenken und sie in die große

* Mississippi.

Ebene zu drängen, die sich zwischen den fernen Gebirgsketten und den Hügelreihen am Ufer des Ohio erstreckte. Wenn das gelang, konnte die Herde nicht mehr entkommen.

Ohne zu zögern, führten jetzt die Häuptlinge ihre Scharen in die Ebene hinein, und so wie an dieser Stelle, so rückten überall die Shawnee in breiter Linie auf die Büffel zu. Trotz der großen Anzahl der Jäger war äußerste Vorsicht geboten. Wurden die Büffel zu stark gereizt, so bestand die Gefahr, daß die ganze Herde sich in Galopp setzte, und dann war vorauszusehen, daß sie in der bisherigen Richtung weiterziehen würde. Und Zehntausende von Büffeln aufzuhalten, die über die Prärie stürmen, das wäre auch den vereinten Scharen der Shawnee nicht möglich gewesen.

Wie die drei Häuptlinge vorgingen, so gingen auch alle anderen Führer der übrigen Clans vor. Sie wählten die besten und klügsten Jäger aus und sandten sie einzeln gegen die friedlich weidenden Tiere. Diese Indianer hatten die Aufgabe, die Büffel zu beunruhigen, die vorderste Spitze aufzuhalten, sie nach Norden abzudrängen, sie aber keineswegs in Wut zu versetzen. Wenn es dann diesen Jägern gelungen war, eine zahlreichere Herde aufzuscheuchen, dann brachen aus der Entfernung größere Scharen von Indianern auf sie los und trieben sie unter wildem Geheul und Geschrei nach Norden, an der Front des ganzen, endlosen Zuges vorbei.

Regelmäßig schlossen sich dann größere und kleinere Trupps weidender Tiere den Verfolgten an.

Während im Westen die Indianer auf diese Weise vorgingen, beunruhigten die von Süden und Südosten heranziehenden Stämme auf die gleiche Weise die linke Flanke des Zuges. Die Büffel weideten nicht in dicht geschlossener Gruppe, sondern in einzelne, kleinere Trupps zerstreut. Es kam darauf an, solche Trupps aufzuscheuchen und sie nach Norden quer durch die übrigen zu drängen. Auch hier schlossen sich dann immer andere Scharen an, und schon nach einigen Stunden befand sich der ganze ungeheure Zug der Tiere, der bis dahin in ruhigem Weiden nach Westen gewandert war, in unaufhörlicher Bewegung. Die Erde dröhnte vom Stampfen ihrer Hufe, auch die entfernteren Tiere, die die Urheber der Erregung nicht wahrnehmen konnten, wurden von ihr angesteckt. Alte Stiere fochten wütende Kämpfe miteinander aus, und mehr und mehr begannen die Shawnee stärker zu drängen. Rücksichtslos und tollkühn trieben sie ihre kleinen schnellen Mustangs, die sich zitternd dagegen sträubten, aber doch ihren Reitern gehorchen mußten, mit Geschrei, Geheul, mit Armschwenken und sogar mit Lanzenstichen mitten in die dichtesten Scharen hinein. Die Jagdleidenschaft begann die Indianer zu erfassen, auch die kühlsten Häuptlinge verloren die Herrschaft über sich selbst und über ihre Krieger. Ein wilder allgemeiner Angriff auf die Büffel setzte ein, und während die Jäger die Tiere bisher nur aufgescheucht hatten, begann jetzt eine hemmungslose Jagd, die um so erbarmungsloser und blutiger wurde, als die Jäger sahen, daß der Plan geglückt war. Eine Schar nach der anderen suchte nach Norden zu entfliehen; der ganze Zug der Büffel machte eine Rechtsschwenkung, und obwohl die Tiere der nördlichen Seite immer noch nicht wußten, was eigentlich vor sich ging, mußten sie sich der allgemeinen Bewegung dennoch anschließen. Sie wurden von den Tausenden, die gegen sie andrängten, einfach nach Norden geschoben.

Der Staub erhob sich in einer gelben, lastenden Wolke von ungeheurer Ausdehnung; er hüllte die Scharen der aufgeregten, kämpfenden, brüllenden und flüchtenden Tiere, er hüllte auch die vom Jagdfieber berauschten roten Reiter ein. Der vom langen heißen Sommer ausgetrocknete Boden dröhnte und zitterte, und in das wilde Toben erscholl immer wieder der schrille Jagdruf der Shawnee, der sich schauerlich mit dem Todesschrei manches Mustangs mischte. Die Stiere und die sonst so ängstlichen Kühe drängten rücksichtslos nach Norden durch, und wer vor ihren Hörnern und Hufen zu Boden fiel, der war rettungslos verloren.

Tecumseh, der selbst am weitesten nach Südosten geritten war, befand sich mitten unter einem fremden Clan, und dieselbe Leidenschaft, die alle Shawnee ergriffen hatte, hatte auch ihn befallen. Wie er der beste Läufer seines Stammes war, so war auch sein brauner Mustang eines der schnellsten Pferde. Immer wieder hatte er einzelne Trupps der Büffel angegriffen, aufgescheucht, verjagt, und als der allgemeine Angriff der Indianer einsetzte, befand er sich ziemlich weit inmitten der aufgeregt durcheinanderwirbelnden Masse der Tiere. Er hörte das gellende Angriffsgeheul und sah sofort die Gefahr, in der er sich befand. Es blieb ihm nur eine Möglichkeit: vor den Büffeln herzujagen, sich mit dem ganzen Zuge nach Norden treiben, dabei die einzelnen Trupps an sich vorbeijagen zu lassen, und so allmählich doch aus dem Gedränge der großen Herde herauszukommen und hinter die Büffel zu gelangen.

Mit einem frischen Pferde wäre das nicht einmal so unmöglich gewesen, aber sein brauner Renner war nun schon fast am Ende seiner Kräfte. Tecumseh war von allen »Hunden« am weitesten nach Süden geritten und jagte nun außerdem schon seit Stunden zwischen den Trupps der Büffel umher. Ein Mustang ist zwar jedem Büffel an Schnelligkeit überlegen, trotzdem aber waren, wie die Dinge nun lagen, die Aussichten auf Rettung sehr gering. Während die Büffel, solange sie weideten, kleinere Gruppen und Herden bildeten, schlossen sie sich jetzt zu immer stärker geballten Massen zusammen. Die noch weidenden Tiere wurden von den verfolgten zusammengedrängt, mitgerissen und einfach nach vorwärts geschoben. Einzelne Lücken gab es wohl, und der junge Indianer verstand es mit großem Geschick und mit jener ruhigen Kaltblütigkeit, die ihn während seines ganzen Lebens auch in den verzweifeltsten Lagen auszeichnete, sein Pferd zu drehen und zu wenden, es in diese Lücken hineinzujagen, sich von den Büffeln überholen zu lassen und sich vor den wütenden, aber blinden und sinnlosen Angriffen der großen Bullen immer wieder zu retten.

So hatte er sich von den meisten Tieren schon überholen lassen, schon sah er im dichten Staube hinter sich die ersten Krieger der Shawnee, die mit tödlicher Sicherheit ein Tier nach dem anderen erlegten. Bei dieser Jagd war der Bogen einer Büchse weit überlegen, die Indianer ließen den Zügel ihrer Pferde los, lenkten sie nur mit den Schenkeln und schossen ihre Pfeile mit einer Schnelligkeit ab, die bei keinem der damaligen Gewehre zu erzielen gewesen wäre. Die besten Schützen unter ihnen konnten acht bis zehn Pfeile in der Minute abschießen, und, aus einer Entfernung von drei bis fünf Schritten entsandt, traf fast jeder ins Herz. Nicht selten hatten sie eine derartige Gewalt, daß sie durch den Körper des Tieres hindurchdrangen und ihn auf der anderen Seite wieder verließen.

Tecumseh sah seine Rettung fast schon vor sich, nur noch wenige Reihen von Büffeln waren zwischen ihm und seinen Stammesgefährten, aber gerade diese Tiere, denen die Indianer buchstäblich im Nacken saßen, waren vor Wut und Angst außer sich und stürmten jetzt mit einer alles niederbrechenden Gewalt, mit einer rasenden Schnelligkeit auf ihn zu, der sein Mustang nicht mehr gewachsen war. Er jagte vor den brüllenden Ungetümen her und fühlte sie unbarmherzig näher kommen. Da riß er mit einer rohen Kraftanstrengung sein Pferd herum und zwang das zitternde Tier, gegen die schwarze Welle zu reiten, die sich ihm entgegenwälzte. Jetzt half kein Zögern, er riß einen Pfeil aus dem Köcher, legte ihn auf, und als die Linie der Büffel nur noch dreißig bis vierzig Fuß von ihm entfernt war, schoß er mit aller Kraft seinen Bogen ab. Der Pfeil drang einem riesigen Bullen gerade vor ihm ins Auge, der Büffel stolperte, raffte sich auf, stürzte noch einmal; zwei, drei andere hinter ihm stolperten über ihn, brachen ebenfalls in die Knie. Auf sie hinauf schoben sich andere, so bildete sich vor ihm ein natürlicher Wall brüllender, zuckender Körper. Tecumseh sprang vom Pferde, das drehte um und raste davon, direkt in die zu beiden Seiten vorüberbrausenden Büffel hinein. Es schrie jammervoll auf, ein mächtiger Bulle hatte ihm die Hörner in den Leib gebohrt. Büffel und Pferd stürzten nieder, eine neue Schranke vor Tecumseh bildend, der inzwischen mit einem zweiten Pfeil eine ihn wütend angreifende Kuh erlegt hatte. Die Leiber der Tiere schützten ihn vor dem Anprall der anderen, und wie die wilde Jagd stürzte rechts und links der Rest der Herde an ihm vorüber. Jetzt aber faßte Tecumseh die Jagdlust; er rannte hinter einem der letzten Tiere her und schoß ihm einen Pfeil in den Leib. Der Büffel wandte sich gegen seinen Angreifer, der umlief ihn, zog sein Messer und sprang auf den Rücken des Bullen; mit der linken Hand krallte er sich in seine Mähne, mit der rechten stieß er immer wieder zu.

Der Büffelstier, in einer wahren Raserei von Wut und Todesangst, begann sich im Kreise zu drehen, stieß rücksichtslos alle schwächeren Tiere um sich her nieder – und da waren auch schon die ersten Shawnee da, die den einzelnen Reiter und seine tollkühne Tat in dem dichten Staube zwar nur undeutlich, aber doch immerhin erkannt hatten, ihm jetzt zu Hilfe eilten und in einem vereinten Anprall den Tierknäuel auseinandersprengten, in dem sich Tecumseh befand.

Es war auch höchste Zeit, denn er konnte sich nicht länger halten. Der Stier schüttelte ihn ab, Tecumseh rollte zu Boden, überschlug sich, stand wieder auf den Füßen, und ohne nur den Bruchteil einer Sekunde zu verlieren, floh er, so schnell er nur konnte, der Büffel mit gesenktem Haupte schnaubend und stampfend, aus vielen Wunden blutend hinterher, rechts und links von Shawnee begleitet. Nach wenigen Augenblicken stürzte er von mehreren Pfeilen durchbohrt zu Boden.

Szenen wie diese wiederholten sich an vielen Stellen, wenn sie auch kaum so gefährlich begannen wie diese Verzweiflungstat des Fliegenden Pfeils. Aber oft genug drangen die Jäger, wenn die dichte Masse der Büffel sich öffnete, von Beutelust besessen, mitten zwischen die Büffel hinein und waren dann nicht selten genötigt, über die Rücken der Tiere hinwegzuspringen, während sie die Pferde ihrem Schicksal überlassen mußten. Viele Reiter verloren in diesem erbitterten Kampfe ihre Mustangs und retteten sich nur durch ihre Geistesgegenwart, ihre Gewandtheit und durch die Schnelligkeit ihrer Füße. Aus den Jägern wurden Gejagte, die sich durch alle nur erdenklichen Kniffe zu retten versuchten. Manche Shawnee, denen die Büffel bereits ganz nahe waren, sprangen plötzlich auf die Seite und warfen das Stück Büffelhaut, das sie um den Leib trugen, ihrem wütenden Verfolger über die Hörner und die Augen; dann töteten sie den blind Dahinstürmenden mit dem Pfeil oder der Lanze.

Der Abzug der Büffel nach Westen war verhindert, der Plan der Indianer geglückt. Ein Stamm nach dem anderen hörte mit der Verfolgung auf. Die ganze, ungeheure Herde war in die große, nördliche Ebene hineingedrängt worden, und keine Macht der Welt konnte diesen Präriesturm in den nächsten Stunden aus seiner Richtung bringen.

Die Jagd war für heute zu Ende.

Jetzt sandten die Häuptlinge Boten an die Frauen und Mädchen in den Zeltdörfern, soweit sie nicht schon mit den Packpferden herbeigekommen waren. Die Krieger ritten umher und suchten die von ihnen getöteten Tiere an den Pfeilen zu erkennen, die in den Leibern staken. Sie wälzten ihre Beute auf den Bauch und begannen unverzüglich mit dem Abhäuten. Ein langer Schnitt vom Kopf über den Rücken zum Schwanz teilte die ganze Haut in zwei Teile, und dann begannen sie, sie abzuziehen. Das Fleisch wurde in großen Stücken heruntergeschnitten, mit Riemen zusammengebunden und in die Felle verpackt. Das letztere war schon eine Arbeit der Frauen. Auch die Knochen wurden, soweit sie Mark enthielten, sorgfältig gesammelt. Selbst die Hufe der Tiere wurden mitgenommen; aus ihnen bereiteten sich die Indianer den Leim, mit dem sie ihre Schilde bestrichen. Dann folgten die Frauen mit den Packpferden und mit den Hunden, soweit sie sich hatten einfangen lassen, den Männern, die längst schon vorausgeritten waren, ins Lager nach. Hinter ihnen stritten sich Scharen von Wölfen mit den übrigen Indianerhunden um die Reste.

Tecumseh schritt über die Ebene nach Nordwesten zu seinem Stamme zurück. Dort, wo die Büffel dahingestürmt waren, war die Prärie hart wie eine Tenne.

Die Blockhütte

Etwa fünf deutsche Meilen vom Lager der Shawnee am Moha-River entfernt, aber noch inmitten der Ebene des Wildes, stand auf der Spitze eines kleinen kahlen Hügels unter einem einzelnen riesigen Zuckerahorn ein sogenanntes Loghouse, eine Blockhütte aus unbehauenen Baumstämmen. Die Hütte war ungewöhnlich groß; sie war quadratisch angelegt, jede der Seiten war fast dreißig Fuß lang. Im übrigen hatte sie das übliche Aussehen der Grenzerhäuser: vier starke aufrechtstehende Eckpfosten an den vier Ecken, dazwischen waagerecht übereinandergelagerte Stämme von etwa acht Zoll Durchmesser, die an beiden Seiten, etwa einen Fuß vor dem Ende, Einschnitte hatten und mit diesen Fugen ineinander eingelassen waren.

Das Dach war flach und bestand aus einer doppelten Lage von etwa drei bis vier Zoll starken Stämmen, die mit einer Schicht Moos und darüber mit einer etwa zwei Fuß starken, festgestampften Schicht Tonerde bedeckt war, die den besten Schutz gegen den Regen darstellte, da Ton ja das Wasser nicht durchläßt. Damit aber der Regen die Erde an den Seiten nicht zu leicht wegspülen konnte, lagen auf jeder Seite des Daches, dicht am Rande, zwei bis drei Baumstämme.

Solche Häuser errichteten zwei Mann leicht in zwei bis drei Tagen, die Herbeischaffung der Tonerde freilich nahm außerdem noch einige Tage in Anspruch.

Ein Fenster hatte die Hütte nicht, die Türöffnung, die nach Westen gelegen war, vertrat dessen Stelle. Als Verschluß der Türe diente eine große Büffelhaut, die aber an diesem Morgen weit zurückgeschlagen war.

In einer Entfernung von etwa acht Schritten standen vor dem

Hause zwei kräftige Männer in der üblichen Tracht der Jäger und Trapper am Abhang des Hügels. Sie blickten über die im Morgennebel dampfende weite Ebene, aus der das dumpfe Gebrüll und das Stampfen ungeheurer Büffelherden heraufdröhnte; es war, als ob die Erde beständig von ihrem Kämpfen, Stoßen, Springen bebte und zitterte. Die Tiere selbst waren nicht zu sehen. Dort, wo das Brüllen lauter und erregter schallte, versuchten Wölfe, im Schutze des Nebels dreist geworden, gemeinsame Angriffe – aber die Stiere waren wach, wühlten mit Hufen und Hörnern die Erde auf, und die stets hungrigen Prärieräuber zogen in den meisten Fällen unverrichteter Dinge wieder ab.

»Das ist ein großes Land, ein schönes Land«, sagte der ältere der beiden Männer, ein breitschultriger, bärtiger Hüne mit verwittertem Gesicht, in dem Offenheit und Wildheit seltsam miteinander stritten; sein Haar war schon leicht angegraut, aber seinem ungeheuren Körper war das Alter noch nicht anzumerken. »Wir wären Dummköpfe, wenn wir drüben in den Kolonien von dieser Ebene erzählen wollten, Monay. Dieses Land muß unser Eigentum bleiben, wir können unser ganzes Leben lang hier jagen, wir werden immer Felle genug haben, daß wir im Winter in den Siedlungen leben können.«

»Ich werde schweigen, John, ich werde gewiß schweigen. Aber ich fürchte, Dan wird den Mund nicht halten. Ihr wißt, er redete den ganzen Sommer über von seinen Söhnen, von der Frau und den Töchtern. Er will sie im nächsten Frühling mitbringen – und das sind zwölf Menschen. Ich wollte Euch das schon immer sagen, John; seine Söhne haben Bräute, und die Töchter wollen heiraten – wie soll da dieses Land geheim bleiben?«

Der Sprecher hatte zuletzt geflüstert, obwohl doch niemand in der Nähe war, der ihn hätte hören können. Er war kleiner als sein Gefährte, hatte ein hageres Gesicht, hager war sein ganzer Körper, seine grauen Augen wanderten unruhig über das Antlitz des Grauhaarigen und blickten stets sofort in eine andere Richtung, sobald der ihn ansah. Er war weit jünger, und trotzdem schien er der vorsichtigere der beiden zu sein, denn er hatte Messer und Tomahawk im Gürtel und eine lange Büchse in der Hand, während sein Gefährte nur ein Messer trug.

Bei seinen letzten Worten brauste der andere auf: »Der alte Dan ist ein Tor. Er wird schweigen – oder ich heiße nicht John Finley.«

»Dan ist ein großer Jäger und der beste Schütze an der Grenze«, sagte mit einem bösen Blick der andere. »Vergeßt das nicht, er ist der beste Schütze«, wiederholte er und bemerkte mit Befriedigung das grimmige Aufleuchten in den Augen des anderen bei diesen Worten. Er wußte, es war John Finleys ständiger Schmerz, daß Daniel Boone besser schoß als er. »Er hatte so viele Felle wie wir beide zusammen. Ich glaube, ich glaube, er hatte mehr Angst vor uns als vor den Indianern, als er von hier fort in den Wald dort hinten zog«, fügte er mit hämischem Lachen hinzu.

»Seine Felle sind vor mir so sicher, wie der Mond vor mir sicher ist. Aber wenn er nicht schweigt, so wird er John Finley kennenlernen. Daniel Boone ist ein großer Jäger, aber wenn er ein schlechter Kamerad ist –« Doch er sprach nicht zu Ende, als scheue er sich, seine Gedanken zu verraten.

Während die Männer so sprachen, hatte sich ein Kopf über die Brüstung des Daches erhoben, zwei Augen spähten herab, dann verschwanden sie wieder, und gleich darauf glitt über die Rückseite des Hauses, im Nebel auf diese Entfernung wie ein blasser Schatten aussehend, ein junger Indianer geschmeidig und lautlos auf den Boden hinab.

Es war Tecumseh. Er hatte die beiden aus den Büschen, die sich östlich am Fuß des Hügels hinzogen, seit einer Woche beobachtet, er kannte ihre Gewohnheiten. Es wäre ihm unmöglich gewesen, den kahlen Hügel selbst bei dem dichten Nebel ungesehen hinaufzuschleichen. Darum hatte er sich in der Dunkelheit herangewagt und die letzten Stunden bis zum Morgen auf dem Dache zugebracht. Seine Kriegskeule in der Rechten, die Schneide des Messers zwischen Daumen und Zeigefinger der Linken, so kam er jetzt lautlos über das Gras heran.

Tecumseh hatte lange geschwankt, was er tun sollte: sollte er Hilfe von seinem Stamme holen, der weiter unten jagte – aber darüber gingen zwei Tage hin, denn die Krieger waren ja nur abends im Lager und mußten also erst gesucht werden. In der Zwischenzeit konnten die beiden Jäger davonziehen, und das hätte geheißen, diese Ebene den länder- und fellgierigen weißen Räubern zu verraten, die dort hinter den Ketten des Allegheny-Gebirges wohnten.

Und das durfte nicht geschehen; eher wollte er hier auf diesem Flecke sterben. Die Jagdgründe seines Volkes verraten lassen, das hieß, ihm den Lebensfaden abzuschneiden. Er hatte vergeblich gewartet, ob nicht zufällig einige Jäger seines Stammes in die Nähe kommen würden – und jetzt hatte er sich entschlossen zu handeln. Er wollte einen feierlichen Vertrag mit den beiden schließen; sie sollten versprechen, nie mehr zurückzukommen. Das sollte mit Worten beschworen werden, die jeden Indianer und, wie er glaubte, auch jeden Weißen banden. Gingen sie darauf ein, so war er bereit, ihnen sogar ihre Felle zu lassen, die sie in den letzten Monaten in ihrer Hütte aufgestapelt hatten. Aber für alle Fälle hielt er seine Kriegskeule und sein Messer bereit . . .

»Ihr seid ein Hasenfuß, Monay«, sagte jetzt wieder Finley, »wenn hier Indianer wären, so hätten sie uns längst entdeckt. Wir sind doch schon seit dem Frühjahr hier, warum sollten sie uns gerade jetzt finden! Ich habe keine Lust, für diese paar Tage noch umzuziehen. Im nächsten Jahre – meinetwegen . . .« Er zuckte zusammen, seinem Gefährten entfuhr ein Fluch, denn eine fremde Stimme hinter ihnen sprach: »Was suchen die weißen Männer im Lande der Shawnee, haben sie nicht Platz in ihren Häusern?«

Sie fuhren herum. Monay hob aufgeregt die Büchse, aber der lange John schlug sie beiseite.

Gelassen fuhr Tecumseh fort: »Dies ist das Land meines Volkes. Alle roten Männer wissen das, und keiner vom fremden Volke wagt es, diesen Boden zu betreten. Warum haben nur die Blaßgesichter nicht genug an dem Lande, das sie schon geraubt haben?«

Der lange John, vor dem freilich der Shawnee fast wie ein Knabe aussah, lachte leise, dann sagte er, ohne auf die Frage einzugehen:

»Du bist ein tapferer Junge, mein Freund, und du hast ein ehrliches Gesicht. Mach, daß du im Walde verschwindest, und wir werden dich laufen lassen.«

»Damit er uns verrät, John! Ihr seid des Teufels! Was, diesen Kerl laufen lassen? Ich brenne ihm eine Kugel auf den Pelz, ehe Ihr bis drei gezählt habt«, unterbrach ihn erregt der andere.

»Ruhe, sage ich, Monay. Der Junge hätte mir von hinten den Schädel einschlagen können, und dann hättet Ihr wohl doch einen schweren Stand gehabt. Er hat unser Leben geschont, und er soll sehen, daß John Finley kein Schuft ist.«

Die beiden verhandelten, der eine erregt, der andere in aller Ruhe über das Leben des Roten vor ihnen, als stehe er in Fesseln und nicht frei vor ihnen, so sehr waren diese Jäger gewöhnt, einen einzelnen Indianer zu verachten. Und tatsächlich genügte in jenen Zeiten nicht selten das Auftauchen eines einzelnen Weißen, um zehn bis zwanzig Rote zu verscheuchen. So kühn und todverachtend sie gegeneinander kämpften, so sehr scheuten sie zuerst vor den Weißen zurück. Die Blaßgesichter hatten Gewehre, hatten das Feuerwasser – wer konnte wissen, was sie noch an anderen mächtigen »Medizinen« besaßen! Ein wegen seiner Kriegstaten berühmter Häuptling der Miami floh einst zitternd und schreiend aus dem Hause eines weißen Freundes, als er in einem Spiegel, den der Weiße ihm reichte, sein eigenes Antlitz sah. Seit diesem Tage herrschte bittere Feindschaft zwischen den beiden Männern, denn der Häuptling war überzeugt, daß der andere ihn hatte verzaubern wollen.

Und nun dieser Tecumseh – ohne Kriegsfarben, eine einzige Adlerfeder im Schopf, ohne eine sichtbare Narbe am Körper, ohne einen fremden Skalp an den Leggins, mit allen Zeichen der Unerfahrenheit und Jugend –, dieser Rote war allerdings ungefährlich. Davon waren die beiden Jäger in gleicher Weise überzeugt. Vielleicht wären sie vorsichtiger gewesen, wenn sie gewußt hätten, daß der rot gefärbte Einschnitt in der Feder Tecumsehs bedeutete, daß ihr Träger einem Gegner die Kehle durchschnitten hatte.

»Die weißen Männer sind Toren und Narren! Sind die Shawnee Feiglinge? Hier geht nicht die Rede von Gnade an Tecumseh. Tecumseh ist nicht hungrig nach den Haaren der beiden weißen Jäger, er hat genug an dem Skalp des lahmen Mi-co*. Der Shawnee ist gekommen, Frieden zu schließen . . .«

Seine Stimme klang dunkler als vorher, aber sie war beherrscht und ruhig.

»Seit wann wählen die Shawnee Knaben zu ihren Häuptlingen? Ist Tecumsehs Stimme im Rat der Alten zu hören, da er kommt, Frieden zu schließen? Oder bist du ein Bote, Jungchen?« fragte gutmütig John Finley.

»Tecumseh ist kein Bote, und seine Stimme gilt nichts am Tage des Rates . . .«, sagte bescheiden der Indianer.

»Also geh, freue dich, daß du vor einem ehrlichen Manne stehst, mein Junge. Nicht viele würden dich laufen lassen.«

Da donnerte ihn der Shawnee an: »Sieht der lange Jäger nicht die Keule in der Faust Tecumsehs? Der Fliegende Pfeil will nicht den Kampf, aber nicht er ist es, der weichen wird. Die weißen Männer werden dieses Tal verlassen, sie dürfen ihre Felle mitnehmen, aber sie müssen schwören, niemals wiederzukommen.«

Jetzt brauste auch Finley auf, jäh stieg ihm die Zornesröte ins Gesicht, und er brüllte: »Junge, ich sage es dir zum letztenmal, jetzt sofort packst du dich weg – oder du verläßt diesen Platz nicht mehr!«

* Michaud.

»Wir, ›dürfen‹ die Felle mitnehmen«, höhnte Monay, »er ›erlaubt‹ uns, unsere Felle zu behalten ...« und wild griff er wieder zur Büchse, hob, diesmal von seinem Gefährten nicht gehindert, den Lauf, spannte den Hahn –

Der Rote sah mit einem düsteren, befehlenden Blick auf eine Stelle einige Schritte hinter ihnen und winkte mit den Augen – entsetzt fuhren die Jäger, die das beobachtet hatten, herum – niemand. Es war nur eine List des Indianers – aber da wirbelte schon das Messer Tecumsehs, von der herabhängenden Linken geschleudert, durch die Luft, überschlug sich zweimal – Monay, der sich rasch wieder umgedreht hatte, schrie auf, griff mit beiden Händen nach dem Herzen und taumelte zu Boden. Das Messer saß ihm bis an das Heft in der Brust.

»Whoo – whoop!« gellte der Kriegsruf des Indianers. Mit einem wilden Fluch riß John sein Messer aus dem Gürtel: »Das sollst du mir –« und stürzte sich auf den Indianer – der sprang zur Seite und schwang die Keule, gerade noch rechtzeitig duckte sich der Weiße, knapp zwei Zoll an seinem Haupte vorbei pfiff der Schlag.

»Der Fliegende Pfeil wird heute zwei neue Skalpe an seinem Gürtel tragen. Die weißen Jäger wollten den Kampf. Whoo – whoop –« rief er von neuem und drang auf den Jäger ein. Aber der erhob die Linke, um den Schlag aufzufangen – und Tecumseh lenkte noch im Schwung die Keule in eine andere Richtung. Er hatte beide Männer lange genug beobachtet, um zu wissen, daß er sich mit seinem Gegner nicht auf eine Kampfart einlassen durfte, bei der die Körperkräfte entschieden hätten.

Der Weiße, der vorgesprungen war, griff in die Luft, und beide taumelten aneinander vorbei, der eine von der Wucht des Schlages, der andere von der des Sprunges mitgerissen. Aber sofort standen sie sich wieder gegenüber.

Wütend schleuderte jetzt John, der zu seinem Schaden seinen Gegner unterschätzte und dem die Wut über den Fall seines Gefährten die Besonnenheit raubte, sein Messer nach Tecumseh – kühl sah der der wirbelnden Waffe entgegen, ein kräftiger

Schlag mit der Kriegskeule, und unschädlich flog sie den Hügel hinab. Finley war ohne Waffen ...

Er konnte den Kampf immer noch siegreich beenden, wenn es ihm gelang, an den Indianer heranzukommen. Er mußte versuchen, die Schläge der Kriegskeule mit der Hand aufzufangen –; statt dessen beugte er sich mit einem erneuten rohen Fluch über Monay, um die Büchse aufzuheben, die diesem entfallen war.

Tecumseh führte die vom vorigen Schlage noch schwingende Keule im Kreise um seinen Kopf herum und schlug schweigend, mit fürchterlicher Gewalt, zu ...

Am Abend dieses Septembertages herrschte wie immer reges Leben im Zeltlager der Chilacatha. Die Jäger hatten große Beute gemacht, dann, wie alltäglich, den toten Tieren die Felle abgezogen, die Frauen und Mädchen hatten Fleisch und Felle auf die Schleifen der Pferde und auf diese selbst gepackt, auch alle Hunde hatten die Stangenschlitten hinter sich her ziehen müssen, und was die Pferde und Hunde nicht fortbrachten, das hatten sich die Frauen aufgeladen.

Und nun brannten in allen Zelten die Feuer, und wo keine Kessel über ihnen hingen, da drehte man das Fleisch am Spieße über der Flamme.

Die Männer, Kriegsbeil und Messer wie immer im Gürtel, lagerten faul um das große Feuer in der Mitte des Platzes, berichteten sich die Ereignisse des Tages, schwatzten, rauchten, lachten und prahlten mit ihren Taten. Eine Anzahl junger Mädchen legte in die neben dem Moha-River ausgehobenen zahlreichen Vertiefungen die heute erbeuteten Felle, nahm die, welche lange genug in der Lauge gelegen hatten, heraus und warf sie zu dem Haufen der Felle, die noch abzuschaben waren. Andere Squaws füllten neue Asche in die Wasserlöcher oder saßen an den Rahmen und schabten die Fleischreste von den aufgespannten Fellen, wieder andere untersuchten die im Rauch hängenden Häute.

Der Häuptling Lälaschikah, Der-den-Fluß-hinaufgeht, saß an einem niedrig brennenden, kleinen Feuer vor seinem Zelte und betrachtete das bunte Treiben vor ihm. Schwatzen, Gelächter, selbst froher, eintöniger Gesang klang aus allen Teilen des ausgedehnten Lagers. In seiner Nähe lagerte eine Gruppe vom Bund der »Hunde«, die heute die Ordnung überwachten. Plötzlich fuhr der Häuptling zusammen, gleichzeitig standen die »Hunde« auf und traten zu ihm – er schickte einen zu den Kriegern am Feuer, die anderen mit einer Handbewegung den Abhang hinauf. Der Posten oben auf der Höhe hinter dem Zelte des Häuptlings hatte in rascher Folge drei kleine Steine den Abhang hinunterrollen lassen, die »Hunde« wie Lälaschikah hatten es gehört.

Kaum war dessen Bote bei den Kriegern, so erhoben sie sich, streuten eilig Sand auf die Flammen, die im Augenblick kleiner wurden, jeder Lärm – auch in den Zelten – verstummte wie auf einen Schlag, Männer und Frauen zogen sich in den Schatten zurück, die Männer besetzten den Eingang des Tales, nur Lälaschikah blieb sitzen.

Eine lange Pause gespannter Stille trat ein, nur von dem leisen Knistern des Feuers unterbrochen, dann ertönte ein lauter Ruf von der Höhe des Abhangs über dem Häuptling, der ihn mit einer lauten Frage beantwortete. Sofort kam die Entgegnung von oben, und Lälaschikah rief nun über die Lichtung:

»Meine Brüder mögen an ihren Platz zurückkehren.«

Sofort erwachten Lärm und Gelächter, freudige Ausrufe ertönten, einige Indianer liefen zum Feuer, warfen Äste und Gezweig in die Flammen, die sogleich prasselnd emporstiegen. Erwartungsvoll drängten die Frauen und Mädchen heran, die Männer aber ließen sich, wie es die Sitte gebot, wieder auf ihre Plätze nieder und nahmen die alten Gespräche auf, als sei überhaupt nichts geschehen.

Neugierde zu verraten war des Kriegers unwürdig.

Auch der Häuptling hatte einige trockene Äste auf die Glut vor sich geworfen, um ein besseres Licht zu haben. Leise Schritte über ihm am Abhang, dann trat Tecumseh in den Schein der Flammen. Er senkte den Kopf vor dem Häuptling und wartete.

Der sah ihn an und sprach kein Wort. Seine Augen wurden weit, als er an dem Gürtel des jungen Kriegers die beiden blutigen Skalpe sah.

Tecumseh wartete. Schließlich sagte gleichgültig Lälaschikah: »Hat der Fliegende Pfeil einen Mustang gefunden?«

»Viele Pferde weiden in der Ebene, aber Tecumseh lag nicht auf ihrer Fährte.«

»Will der Fliegende Pfeil jetzt immer ohne Pferde durch die Prärie eilen?«

»Es war nicht die Zeit, Mustangs zu fangen. Tecumseh hat die Skalpe von zwei weißen Männern an seinem Gürtel.«

»Uff –« Der Häuptling sprang auf, griff unwillkürlich an sein Messer. »Sind weiße Männer in der Ebene des Wildes?«

»Ein Blaßgesicht lebt noch, aber Tecumseh weiß nicht, wo seine Höhle ist.«

Schwer atmend stand der Häuptling da. Er begriff so gut, wie Tecumseh es vor einer Woche schon begriffen hatte, was das für die Shawnee bedeutete.

Er ließ sich wieder nieder und dachte nach. Dann sagte er: »Tecumseh möge die alten Krieger zu Lälaschikah rufen und neue Wachen ausstellen.«

Der junge Shawnee ging zu den »Hunden« hinüber, die inzwischen ihren alten Platz wieder eingenommen hatten, und schickte einen von ihnen an das große Feuer, zwei andere in alle Zelte. Darauf stieß er das langgezogene Geheul der »Hunde« aus, und sofort sammelte sich der Bund um ihn. Er wählte etwa acht Mann aus und stellte sie an neue Plätze. Die alten Krieger berieten.

In derselben Nacht brach der Häuptling mit fünfzig Kriegern und einer großen Anzahl von Packpferden zu der Blockhütte auf, an der sie, von Tecumseh sicher geführt, noch in der Dunkelheit eintrafen. Die Indianer umstellten den Hügel, der

Häuptling mit einigen der besten Krieger schlich sich an die Hütte. Sie stellten bald fest, daß sie unbewohnt war, aber einen ungeheuren Vorrat an Fellen und Häuten barg. Den Shawnee blieb nichts übrig, als den Morgen abzuwarten. Sobald es dämmerte, zeigte Tecumseh seinen Gefährten in der Hütte drei Schlaflager, darunter eine offenbar schon seit längerer Zeit unbenützte Bettstatt, während er doch in den letzten sieben Tagen von seinem Beobachtungsposten aus nur zwei Weiße in der Hütte gesehen hatte. Dann führte er sie aus dem Haus und zeigte unter einer schadhaften Stelle des Dachs auf den Boden. Der letzte Regen, der schon vor einigen Wochen gefallen sein mußte, hatte etwas Tonerde vom Dache gespült, und einer der weißen Jäger hatte an dieser Stelle einen Fußabdruck hinterlassen. Er mußte in den Ton getreten sein, solange dieser noch feucht war. Die Erde war dann getrocknet, aber der Ton hatte die Form getreulich aufbewahrt.

Die Leichen der beiden anderen lagen noch dort, wo Tecumseh sie getötet hatte. Lälaschikah selbst nahm einen Riemen, maß die Länge der Spur im Ton und die der Füße der Toten, und er bestätigte, was der Fliegende Pfeil schon festgestellt hatte: die Spur war größer als der Fuß Monays und kleiner als der John Finleys!

Der Häuptling war sehr ernst, schweigsam standen die Krieger um ihn her. Schließlich entsandte ihr Führer alle Indianer auf die Suche nach dem dritten Weißen, der noch vor zwei bis drei Wochen in dieser Hütte gelebt haben mußte. Aber obwohl die Indianer den ganzen Tag über suchten, fanden sie auch nicht das geringste Zeichen, das ihnen weitergeholfen hätte. Sie mußten ihre Nachforschungen ergebnislos aufgeben.

Und doch war am Tage, an dem Tecumseh die beiden Jäger erschlagen hatte, Daniel Boone, der berühmte Pfadfinder, nur zwei Stunden nach des Shawnee Fortgang in der Hütte gewesen, um seine Gefährten noch einmal zu warnen, da er neue Indianerspuren in der Ebene bemerkt hatte. Er hatte die Leichen seiner Kameraden gesehen und lange geschwankt, ob er sie rächen oder ob er besser fliehen sollte. Aber er entschied sich für die Flucht, denn wenn er auch nur eine einzelne Indianerspur hier auf dem Hügel fand, so wußte er doch, daß rote Krieger in Mengen in der Ebene umherschwärmten. Er kam zu spät mit seiner Warnung, aber er lächelte grimmig: im nächsten Jahre war auch noch Zeit zur Rache, wenn sein Plan glückte.

Und der Entdecker und spätere Eroberer Kentuckys ließ alles unberührt, vertilgte alle seine heutigen Spuren und ging vorsichtig über den sandigen Abhang hinab, wobei er mit einer Büffelhaut, die er hinter sich auf dem Boden nachschleppte, alle Eindrücke seiner Sohlen verwischte. Am Fuße des Hügels trat er in den Bach und ging, meilenweit immer im Wasser, denselben Weg zurück nach Norden, den er gekommen war.

Vielleicht wären viel Blut und Tränen erspart worden, wenn der alte Danny Boone oder der Lederstrumpf, wie er schon damals genannt wurde, mit Tecumseh zusammengetroffen wäre. Diesem Gegner hätte der junge Shawnee wohl kaum schon siegreich standhalten können.

Cornstalk, der Diplomat

Tageslicht von oben und das Feuer erhellten gerade noch die Mitte der Halle, die Häuptlinge saßen im Halbdunkel, ebenso der englische Offizier. Nicht nur aus der Dachluke über dem Feuer drang das Tageslicht herein, auch die Tür, von zwei jungen Männern bewacht, war geöffnet.

Trotzdem lagen die Hintergründe des Raumes in schwarzer Finsternis, und wenn die Flamme neu aufloderte, huschte der Schein über die kauernden Gestalten, über weiße Büffelmäntel und kahlgeschorene Indianerköpfe, über Kriegsbeile und die Federhauben der Miami.

Die Häuptlinge saßen in strenger Ordnung, jeder Stamm an seiner Seite des Hauses – eine ruhmreiche Versammlung, das mußte Major Fitzpatrick zugeben, als er sich jetzt nach Beendigung seiner Rede zurücklehnte und sich ein wenig umsah, während Logan, der Cayuga, seine letzten Worte übersetzte. Und die rauchgeschwärzten Stützbalken des Hauses mit ihren wilden Zieraten – Büffelschädeln, Bärenfellen, Elchgeweihen –, die Trommeln, der ausgestopfte, sitzende Bär drüben bei Cornstalk – das alles sah großartig und unheimlich aus, nach Blutzauber und Geisterspuk, nach Feierlichkeit und Aberglauben –, man konnte kaum glauben, daß draußen die Sonne brannte, ein strahlend blauer Himmel lachte. – Und das Schicksal der weißen Gefangenen, die zu befreien er hergekommen war, und die jetzt schon fünfzig Tage lang von den Shawnee festgehalten wurden, schien dem Major nun auf einmal gar nicht mehr so hoffnungsvoll wie in den letzten Tagen.

Verflucht noch mal, der hohe Gouverneur hatte gut reden dahinten in Virginia, die »Gefangenen befreien und Cornstalk nicht verärgern, möglichst noch ein Bündnis mit ihm schließen«. Der kluge Lord saß drüben hinter dem Gebirge sicher inmitten seiner Soldaten. Aber er, Fitzpatrick, hockte hier allein, dreißig Indianerhäuptlinge um sich her, die dasaßen wie die Ölgötzen und den Mund höchstens mal auftaten, wenn sie spuckten. »Da sitzen diese Kerle«, dachte ingrimmig der Major, »rauchen, schweigen, spucken und tun, als ob sie das alles hier gar nichts anginge. Und dabei denken sie vielleicht gerade darüber nach, wie sie mich am besten umbringen könnten. Das Gebirge ist hoch und dieser Urwald hier – es würde lange dauern, bis eine Armee hierher käme . . .«

»Aber nein, das ist nicht der Brauch der Indianer.« Er war hier als Friedensbote, überlegte der Major weiter, »und wenn ein Häuptling einem Sicherheit garantiert, dann hält er auch sein Wort . . . sind ja keine Grenzer, diese Roten, sie haben noch nicht gelernt, daß man Leuten anderer Rasse sein Wort nicht zu halten braucht. Also nur ruhig Blut«, rief er sich innerlich zu, und so döste er weiter vor sich hin. Er hatte schon viel mitgemacht, und Lord Dunmore, der Gouverneur, wußte, warum er ihn ausgesucht hatte; Fitzpatrick wußte es auch. Außerdem: Er war Offizier der Krone von England, und England hatte noch keinen Offizier aufgegeben. »Three cheers for England!« Gruß an das alte England drüben im Salzmeer . . . nein, Gott sei Dank, er war nicht schutzlos hier im Urwald, sein Skalp saß sicher.

Der Ire Fitzpatrick war mit den Sitten der Indianer vertraut, energisch, besonnen – und doch konnte er sich nicht helfen: jedesmal, wenn er mit Indianern zu tun hatte, war er zunächst voll Mißtrauen und Argwohn. Was ihn aber zum Unterhändler besonders geeignet machte, war, daß er nicht so hochmütig wie die meisten Engländer war. Er hatte ganz recht: Lord Dunmore, der drüben in Virginia für den König von England die amerikanischen Kolonien verwaltete, hatte gewußt, warum er gerade den liebenswürdigen Iren zu Cornstalk entsandt hatte.

112

Man wußte damals noch wenig von den Shawnee am Hofe des Lords, man wußte nur, daß sie treue Bundesgenossen der unversöhnlich grimmigen Lenni Lenape waren, und man munkelte von einem Bunde auch mit den Miami, die an Macht den Irokesen, selbst den fernen Nadoweis-siw* nicht nachstanden – und Cornstalk sollte der Anführer in diesem Völkerbunde sein. Man sagte, daß sogar die Huronen auf die Worte Cornstalks hörten – das mußte ein Mann sein, dessen Freundschaft man sich schon etwas kosten lassen konnte, dachte der hochmögende Lord von England . . .

Nichts hätte ihm gelegener kommen können, als der ihm von Konrad Wulf überbrachte Wunsch Cornstalks, einen Gesandten nach Chillicothe zu senden. Denn diese gottverd . . . Kolonisten, wer weiß, wie lange sie noch treu zu England standen . . . Sie hatten harte Köpfe, die »Amerikaner«, wie sie sich nannten, geradeso, als seien sie nicht Untertanen Seiner Majestät wie jeder brave Bürger drüben in merry old England auch . . .

Hatten die englischen Kaufleute ihre Kolonien in Amerika vielleicht deshalb angelegt, damit sie ihnen jetzt Konkurrenz auf dem Weltmarkt machten? England brauchte Absatz für seine Waren, für seine Tuchfabriken, England wollte Einkünfte, wollte Steuern aus dem Lande herausziehen. Aber diese halsstarrigen Amerikaner wollten sie nicht zahlen, sie wollten selbst Fabriken bauen, und das konnte natürlich der König nicht dulden. Es ging hart auf hart her in den Parlamenten; England drohte, und die Amerikaner drohten. Wenn diese jämmerlichen Kolonisten etwa einmal daran denken sollten zu rebellieren . . . (und fielen nicht schon überall dunkle Andeutungen? Wurden nicht die Flugschriften, die zur Abkehr aufforderten, begeistert gelesen?), kam es wirklich so weit, dann konnte man solche Männer wie Cornstalk brauchen, der mit einem Wink seiner Hand sechstau-

---

* Der ungekürzte Name, aus dem später »Sioux« wurde. Gemeint sind die Lakota, eines der zahlreichen zur Sprachfamilie der Sioux gehörenden Völker.

send, achttausend Krieger in den Kampf, sollte heißen: in die Wälder schicken konnte ... Die Lenape, die Huronen, die Shawnee, gar die großmächtigen Miami, das waren prachtvolle Verbündete, gerade die rechten für die weite Wildnis.

Lord Dunmore war auf der Hut, Seine Majestät sollte sich über den Gouverneur nicht zu beklagen haben: im Osten die Irokesen, im Westen dieser Cornstalk, im Süden die Cherokee und für das offene Feld die Truppen Seiner Majestät ... man würde den Kolonisten die Kopfhaut schon heiß werden lassen.

Aber freilich, solche Gedanken durfte der Gouverneur nicht laut werden lassen, er mußte rüsten, er mußte Verträge mit den Indianern schließen, und doch durfte keiner ahnen, was gespielt wurde. Aber da gab's ja eine prachtvolle Ausrede: er wollte ja nur die Kolonien vor den Einfällen der Roten bewahren ... und war das nicht etwa seine Pflicht als Gouverneur? ...

Wenn ein Offizier, wie dieser Fitzpatrick, die Gedanken des Lords etwa ahnte ... wenn er glaubte, sie zu ahnen ... wenn er danach handelte: all right! Aber wehe ihm, wenn er einmal mehr sagte, als er verantworten konnte: Strengste Strafe war ihm sicher.

Fitzpatrick ahnte, handelte und schwieg. Er konnte von einer glühenden Beredsamkeit sein ... Oh, er wußte, wie man Indianer anfassen mußte, und er war zufrieden mit seiner Rede, die er gerade gehalten hatte und in der er von allem möglichen mit warmen Worten gesprochen hatte, nur nicht von dem, was er wollte.

Die Häuptlinge schwiegen noch immer ... nun, da hatte er wenigstens Zeit, sich zu überlegen, was er sagen wollte, wenn die Reihe wieder an ihn kam, und sich die Kerle mal anzusehen.

Noch einmal: Eine großartige Versammlung war's, das mußte er zugeben, als er sich jetzt zurücklehnte und den Blick in die Runde gehen ließ. Drüben die Lenape mit ihren kahlgeschorenen Köpfen und den rotgefärbten Hirschschwänzen in der Skalplocke, fast nackt sie alle, schwarz bemalt Brust, Arme und

Beine; jeder in Waffen: Messer, Kriegsbeil in der Faust, Bogen und Köcher am Gürtel ... Stolze, wilde Kerle! Der stolzeste, der dort, der hinter ihnen stand: Bukongahelas, ihr oberster Häuptling aus uraltem Geschlecht. Den kannte man im Osten, finster wie sein Aussehen war sein Ruf, wie ein gereizter Bär stand er bei jedem Angriff vor seinem Volk – und selbst die Irokesen überlegten sich's dreimal, bevor sie mit den Lenape anbanden, seitdem die von Bukongahelas geführt wurden.

Neben ihnen sahen die Huronen fast harmlos aus, in ihrer Ledertracht mit den reich verzierten Hirschmänteln, den bestickten Hemden, Leggins, Mokassins. Ein armseliger Rest ihres einst großen Volkes hielt sich noch südlich der Seen, wie lange noch? Ein sehr kleiner Rest, wenn man an die einstige Größe dachte – aber jedermann wußte: dieser Rest verstand zu kämpfen. Noch immer waren sie die Hüter des großen Ratsfeuers, und noch immer hörten die anderen Nationen auf die Stimme der Huronen.

Und drüben an der Ostseite der Halle, das waren also die Miami, die Twigthwees, wie man sie auch nannte, wohlhabende Ackerbauern, soviel man hörte. Piqua, ihre Hauptstadt, sollte sechstausend Personen beherbergen. Sie wohnten in großen Häusern, erzählte man sich, sie hatten eine straffe Verfassung. Ihr Land war ein Garten, bevölkert von Büffelherden, Antilopenscharen, von Vogelschwärmen überflogen ... Und sie waren Pferdezüchter. Sie hatten viele Pferde, teils selbst eingefangen, teils von den Nadoweis-siw eingehandelt, wenn sie mit ihnen gerade einmal im Frieden lebten. Wie sie dasaßen in ihren prachtvoll bunten Federkränzen, ihren schweren, weißgegerbten, bemalten Büffelmänteln, große Lords der Wälder ... der Major bewunderte sie. Was für Männer! Kluge Gesichter, eindrucksvolle Gestalten – und ihr Anführer war dieser junge Mitschikinikwa dort, kaum fünfunddreißigjährig. Wie er dasaß, lässig, mit liebenswürdig-teilnehmendem Gesicht, den Pelzmantel umgeworfen wie ... wie ein Römer seine Toga getragen haben mochte. Er spielte mit seinem Obsidianmesser, sicher ein kostbar gehütetes Erbstück, und lächelte sogar ein wenig ...

Aber am interessantesten waren dem irischen Major doch die Shawnee. Man sagte, sie hätten früher einmal in Carolina gesessen und einem der großen Ströme dort, dem Savannah, ihren Namen gegeben.

Dieses kleine Natiönchen, das aus eigener Kraft kaum eineinhalbtausend Krieger aufstellen konnte, wie kamen diese Schawanesen dazu, hier die erste Geige zu spielen? Daß sie die Huronen zum Bündnis genommen hatten, schön, die waren erledigt, der karge Rest mußte sehen, wo er unterkam, wo er Freunde fand. Aber die Lenape – ein großes Volk, Vorkämpfer in allen Kriegen gegen die Weißen, seitdem sie gemerkt hatten, daß nicht alle blassen Leute das friedfertige, milde Herz William Penns hatten – wie kamen sie dazu, sich den Shawnee zu beugen?

Gar die Miami, die vor Irokesen und Lakota keine Furcht fühlten, die beiden überlegen waren – was brachte sie dazu, diese Landstreicher aufzusuchen, die ja nicht einmal eigenen Boden hatten, ihren Rat anzuhören, sich unter ihre Führung zu stellen ...

Chillicothe, das Dorf – schön, er hatte vier Tage Zeit gehabt, sich das Dorf anzusehen. (Dieser Cornstalk hatte sich Zeit gelassen mit der Einberufung der Versammlung, als sei er, der Major, nicht ein Abgesandter der Krone, sondern so ein Tramp wie dieser verdächtige Kanadier, Jean Martin hieß er wohl.) Die Lage des Dorfes war genial ausgesucht, die Befestigung machte es für Indianer wohl uneinnehmbar, aber diese Hütten waren doch nichts Besonderes, die Häuser der Irokesen hatten andere Ausmaße! Die Dörfer der Huronen waren richtige Forts gewesen ...

Übrigens, jetzt wurde es aber allmählich Zeit, daß einer von den hohen Herren Häuptlingen sich rührte. Diese roten Kerle taten, als gäbe es nichts Wichtigeres, als dem Rauche ihrer Pfeifen nachzusehen. Er kannte die indianische Sitte. Übereilung ist nicht die Art eines Kriegers, ein Mann überlegt ... Aber immerhin, der rote Logan hatte schon längst wieder aufgehört zu sprechen, er saß da und schmauchte wie alle anderen – das war ja fast eine Achtungsverletzung. Sollte er etwa auftrumpfen, den wilden Mann spielen ...?

Ach was, die Indianer rauchen, ich kann ja auch rauchen ... Eine tolle Pfeife übrigens, die mir dieser Maisstengel da gegeben hat – ein verrückter Name eigentlich für einen Indianer: Cornstalk, Maisstengel ... wo er den aufgeschnappt haben mag –. Gut drei Fuß lang ist diese Pfeife, und ein Gewicht hat das Ding, das kann einen Major der Krone schon ermüden, diesen Kolben in der Hand zu halten ... und dabei ist die von Cornstalk noch einmal so schwer.

Die Gedanken des Majors begannen sich allmählich etwas zu verwirren. Der Tabak, den er rauchen mußte, war auch nicht gerade von der besten Sorte. Da bemerkte er plötzlich, wie die Häuptlinge in der Halle aufmerksam aufblickten. Aha, da drüben war einer aufgestanden. Cornstalk natürlich. Schon hatte sich der Offizier aus seiner nachlässigen Haltung emporgerichtet. Gleich ärgerte er sich, er hätte nicht zeigen sollen, wie gespannt er eigentlich darauf war, was die Indianer ihm zu sagen hatten ... »Na, schließlich: Höflichkeit wissen die Roten zu würdigen, es kann nicht viel geschadet haben.«

Durch die Dachluke oberhalb der Feuerstelle und aus der offenen Tür, vor der zwei Krieger Wache standen, flutete das helle Tageslicht in die Halle. In der Mitte loderte ein großes Feuer in der vertieften Bodenstelle, die in jedem indianischen Hause zu finden ist; einige »Hunde« bewachten es.

Aus dem Halbdunkel, gemischt aus Tageshelligkeit, Feuerschein und der Finsternis der schrägen Wandnischen, leuchtete der weiße Büffelmantel Cornstalks im Lichte auf, und unvermittelt begann er zu sprechen:

»Es kam ein Krieger von dem Mächtigen Häuptling aus dem Süden, hinter dem salzigen Wasser. Er brachte einen schwarzen

Wampum. Die Könige der Wyandot saßen um das große Rats-
feuer, und der Krieger aus dem Süden gab ihnen den schwarzen
Wampum. Der Mächtige Häuptling sprach aus dem schwarzen
Wampum:

›Es sind weiße Tiere auf großen Kanus aus dem salzigen Wasser
gestiegen. Sie haben die Leiber von Hirschen und die Köpfe von
Männern. Sie machen den Blitz und den Donner. Schickt eure
Krieger aus, wo ihr sie erblickt, und tötet die neuen, weißen
Tiere. Laßt sie euer Land nicht betreten, jagt sie fort, wenn sie
schon darin sind. Seid ohne Erbarmen, es ist große Gefahr!‹

Die Könige der Wyandot sandten Boten aus an alle Völker bis an
das Eis im Norden, bis an das Salzmeer im Osten und bis an das
Felsengebirge im Westen. Die Häuptlinge aller Völker kamen,
sahen den schwarzen Wampum, und sie warteten auf die neuen
Tiere mit den Hirschleibern und den Männerköpfen. Aber sie
kamen nicht.

Es kamen weiße Männer aus dem Meer. Aber sie waren arm,
sie hatten kein Korn, kein Fleisch, keine Kleidung. Der rote
Mann gab ihnen zu essen, zu wohnen, er schenkte ihnen sein
Land, und sie wollten Freunde sein.

Es kamen immer mehr weiße Leute, sie brachten Tiere mit,
die der rote Mann nicht kannte, sie setzten sich auf die Tiere, da
waren es Hirschleiber und Männerköpfe. Aber da waren die
weißen Leute bereits die Gäste des roten Mannes geworden, und
er tat ihnen kein Leid.«

Der Sprecher machte eine Pause, und Major Fitzpatrick sah,
daß sich die Häuptlinge in großer Spannung befanden, die
eigentlich zu dem von ihm halb verstandenen Worten gar nicht
paßte... Was war denn das schon... die übliche Einleitung
solcher Indianerreden, Klagen um geraubtes Land, sicher kamen
jetzt auch noch Klagen über Gewalttaten der Weißen, das alte,
langweilige Lied – er hatte von Cornstalk anderes erwartet.

Logan übersetzte, und als er geendet hatte, wandte sich Cornstalk zu den Wyandot; aus ihrer Mitte trat, begleitet von drei anderen, ein junger, hochgewachsener Indianer von beeindruckendem Aussehen. Er trug etwas Dunkles in den Händen ... Die Häuptlinge sprangen mit einem Ruf des Erstaunens von der Erde auf, Mitschikinikwa, der Miami, eilte seinen Leuten voran um das Feuer herum auf die Wyandot zu – die Indianer gaben die in solchen Versammlungen gewohnte Zurückhaltung auf, drängten sich mit Ausrufen des Erstaunens, der Bewunderung und der Neugierde um die drei, die sich schützend um den Wampumträger scharten – denn jetzt erkannte auch Fitzpatrick, was der junge Wyandot in den Händen hielt: einen Wampum, einen schwarzen Wampum.

»Damned son of a bitch –«, fluchte der Ire und ballte wütend die Faust. Ein schwarzer Wampum – das war Krieg! Krieg mit allen diesen Männern hier. War er, for devils sake, hierher gekommen, um eine Kriegserklärung entgegenzunehmen? Ha, der hohe Herr Gouverneur würde ein schönes Gesicht machen.

Aber da sprach schon der Wyandot, indem er den Perlengürtel emporhob und ihn im von oben einfallenden Licht umherzeigte:

»Das ist der schwarze Wampum des großen Häuptlings aus dem Süden. Tanecharison war der Hüter des Ratsfeuers. Er pflanzte eine Fichte am Ufer des Meeres der Wyandot*, er schickte den Kopf des Boten zurück in die große Stadt im Süden. Der Rat bewachte den Wampum viele, viele Winter. Das Volk der Wyandot war groß und mächtig, jetzt ist es alt, nur noch ein zerbrochener, alter Baum, und wenig grüne Zweige sind daran.

Die Fichte, die Tanecharison pflanzte, wuchs mit den Wyandot, und sie zerbrach mit den Wyandot, jetzt ist sie wie das Volk der Wyandot selbst.«

* Am Huronensee.

Fitzpatrick beherrschte die Sprache der den Wyandot sprach- und blutverwandten Hodenosauni, und er hatte jedes Wort des Wyandot verstanden, der in der Sprache seines Stammes gesprochen hatte. Der Major atmete erleichtert auf.

Auch er stand auf, und nun waren all die vorher stummen, ruhig dasitzenden Zuhörer um die drei Wyandot versammelt, in deren Mitte der vierte den schwarzen Wampum in den hoch erhobenen Händen hielt, vom Schein des Feuers und von dem durch die Tür und die Öffnung im Dach einfallenden Licht überflutet. Die Indianer waren aufgeregt, drängten sich durcheinander, erzählten sich gegenseitig die Geschichte des Gürtels*, machten sich auf Einzelheiten aufmerksam. Als es dem englischen Offizier endlich gelungen war, bis zu den drei Wyandot durchzudringen, die stolz und abwehrend um den Wampumträger herumstanden, hielt dieser ihm den Gürtel entgegen. Es war ein ungewöhnlich großes, etwa acht Fuß langes Stück.

Auf schwarz gefärbtem Leder waren in roten Farben einige seltsame Zeichen gemalt, die von der sonst unter den Indianern üblichen Art verschieden waren. Man sah dem Gürtel an, daß er ein sehr hohes Alter hatte. Einige der roten Perlen, mit denen er bestickt war, waren abgesprungen, im ganzen aber war der Gürtel gut erhalten.

Wenn die Worte des Wyandot zutrafen, so mußte der Gürtel etwa ein Alter von zweihundert bis zweihundertfünfzig Jahren haben. Es überkam den Major etwas wie eine Ahnung, als ob der junge Wyandot dort den Schlüssel zu geheimnisvollen Beziehungen in der Geschichte vergangener Jahrhunderte in den Händen hielt. Schon wollte er den Indianern das Angebot machen, ihm den Gürtel zu verkaufen, aber gerade noch rechtzeitig hielt er sich zurück.

---

* Man nimmt an, daß dieser Gürtel den nördlichen Indianern die Landung Cortez' und seiner Spanier anzeigen sollte und vielleicht sogar von Montezuma gesandt war. Er wurde noch um 1770 von einem englischen Offizier gesehen, ist aber später verschollen.

Cornstalk war der einzige, der ruhig an seinem Platz geblieben war und das Abflauen der Erregung erwartete. Es dauerte nicht lange, die Indianer hatten sich bald gefaßt, aber Cornstalk sah mit Befriedigung, daß er erreicht hatte, was er wollte: dadurch, daß er hier den sagenhaften Gürtel zeigte, von dem bei allen Stämmen dunkle Gerüchte umgingen, der aber seit Menschengedenken von den Wyandot streng versteckt gehalten worden war, hatte er sie an die unglückliche Geschichte der letzten Jahrzehnte erinnert, hatte sich selbst Aufmerksamkeit und Achtung verschafft, und als die Häuptlinge ihre Sitze wieder eingenommen hatten, fuhr er in seiner Rede fort.

»Cornstalk war ein junger Krieger, und die Shawnee wohnten an dem fließenden Wasser*, das ihren Namen trägt. Das Volk der Ani Yunwiya, das in den südlichen Bergen** wohnt, hatte den unreinen Pfad betreten, und Cornstalk wurde von seinem Volk als Späher in das Land der Feinde gesandt. Er traf viele Späher der Ani Yunwiya. Sie verfolgten ihn, doch er tötete sieben. Aber als er schlief, wurde er von den Feinden überrascht, sie nahmen ihn gefangen und führten ihn in ihr Land. Nach einigen Tagen kamen sie in die Stadt der Ani Yunwiya, es wurde ein Pfahl errichtet am Ufer des Flusses. Doch als die Feinde Cornstalk an den Pfahl binden wollten, stieß er sie zurück und sprang vom Felsen hinab in das Wasser. Er schwamm wie ein Otter unter dem Wasser quer durch den Fluß. Die Ani Yunwiya verfolgten ihn, sie schossen mit Pfeilen und Speeren, aber sie trafen ihn nicht. Cornstalk sprang an das Ufer und lief die Anhöhe hinauf. Dort hielt er an, er drehte sich um und dankte seinen Feinden, die über den Fluß herüberschwammen und das Ufer heraufeilten, daß sie ihn so gut behandelt hatten. Dann rief er den großen Kriegsruf und floh in die Wälder. Er hatte keine Waffen; doch als die Ani Yunwiya ihn verfolgten, nahm er einem der Verfolger die Waffe, tötete ihn und noch vier andere. Er nahm ihre Skalpe,

* Der Savannah im Staate Carolina.
** Appalachen.

eilte dorthin, wo er die ersten sieben getötet hatte, sie waren von ihren Brüdern in der Erde vergraben worden. Er grub sie aus, nahm auch ihnen die Skalpe und kehrte mit zwölf Kopfhäuten zurück in das Land der Shawnee. Der Große Rat gab ihm das Recht, Büffelhörner im Kopfschmuck zu tragen.«

Der Redner unterbrach sich, die Häuptlinge, die aufmerksam zugehört hatten, nicken zustimmend und murmelten Beifall, der Major aber hörte der Übersetzung Logans mit steigendem Erstaunen zu. Er hatte von der Tat dieses Indianers gehört, aber nie an sie geglaubt, obwohl sie überall an der Grenze bekannt war, obwohl doch schon dreißig Jahre seit jener Zeit verflossen waren. Sie war sogar schon in Büchern veröffentlicht worden*, aber niemand hatte damals gewußt, wie der Krieger hieß, der sie vollbracht hatte. Cornstalk also war es gewesen. Fitzpatrick begann zu ahnen, warum dieser Indianer einen so großen Einfluß auch auf andere Stämme ausübte.

Der Major wußte in der Organisation der roten Stämme gut Bescheid. Er wußte, daß sie sich in Abteilungen gliederten und diese wieder in Clans oder Verwandtschaften. Er wußte, daß jeder Clan sich nach dem Namen eines Tieres – des Totemtieres – nannte, daß dieses Tier seinem Clan unverletzlich war, daß man nicht innerhalb eines »Totems«, sondern nur von Totem zu Totem heiraten durfte. Er wußte auch, daß die Stämme Friedenshäuptlinge hatten, deren Würde bei einigen Stämmen in den Familien erblich war (bei anderen Stämmen wurde das Oberhaupt vom Großen Rat auf Lebenszeit gewählt). Die Kriegshäuptlinge dagegen hatten nur für die Dauer eines Krieges Macht über ihre Gefolgsleute. Wenn ein Stamm den Krieg beschloß, so stand es in der Macht jedes Kriegers, sich eine Schar zu sammeln und mit dieser gegen den Feind zu ziehen. Es war selbstverständlich, daß, wer den größten Ruf als Krieger genoß, auch die meisten Gefolgsleute hatte. Von der Kraft seiner Persönlichkeit wie von

---

* Vgl. u. a. J. Drayton, Beschreibung von Süd-Carolina, Weimar 1808.

seinen Taten hing es ab, welches Ansehen er bei diesen Kriegern hatte. Und Fitzpatrick wußte sehr gut, wie falsch die allgemein verbreitete Meinung war, daß die Indianer ihrem freiwillig gewählten Führer auch freiwillig gehorchten. Unfähigen Leuten gehorcht kein freier Mann, die großen Kriegshäuptlinge aber forderten, solange sie auf dem Kriegspfad waren, unbedingten Gehorsam in jedem Fall – und sie fanden ihn auch meistens.

Cornstalk nun gehörte der Familie an, die den Shawnee seit Generationen ihre Friedenshäuptlinge gab, das Ansehen seiner Vorfahren gab auch ihm Ansehen. Wenn nun dieser oberste Friedenshäuptling auch noch ein so gewaltiger Krieger war wie Cornstalk, dann allerdings mußte er unter diesen Indianern, die Klugheit und Kühnheit schätzten wie kaum ein anderes Volk der Erde, von ungeheurem Einfluß sein.

Cornstalk sprach, und Fitzpatrick ließ sich kein Wort mehr entgehen.

»Die Shawnee sind gewandert vom Strom der sechs Nationen* bis an die großen Seen, von da an das Salzmeer und bis in die südlichen Berge. Die Shawnee haben endlich ihre Heimat im Lande des grünen Rohrs gefunden und haben ihre Wigwams an dem Flusse Scioto aufgeschlagen. Die Shawnee werden nicht mehr wandern.

Die Lenni Lenape sind unsere Brüder, und wir sind die Enkel der Wyandot. Die Miami und Piankeshaw sind unsere Freunde ... und die Shawnee weichen nicht mehr von ihrem Lande.«

Cornstalk hatte die letzten Worte mit dunkel-dröhnender Stimme gesprochen. Er machte eine kurze Pause, und der Major glaubte in dem tiefen Schweigen der Häuptlinge die ganze Entschlossenheit eines zum Äußersten bereiten Volkes zu fühlen. Er sah die Augen der Indianer glühen, doch die Männer rührten sich nicht.

---

* Gemeint ist der St.-Lorenz-Strom, an dem die Hodenosauni eine Zeitlang lebten.

»Die roten Männer lieben den Frieden. Aber mehr als den Frieden lieben sie das Land, in dem sie leben und jagen. Ist der Große König bereit, einen Vertrag zu schließen? Die Häuptlinge der verbündeten Völker wollen, daß die weißen Leute und die roten Leute bleiben, wo sie sind.

Wenn der Bote des Weißen Vaters den Vertrag schließen will, kann er seine weißen Brüder und alle ihre Pferde mitnehmen. Es ist ihnen kein Leid geschehen, die Shawnee sind keine Diebe.«

Cornstalk setzte sich. Es war still.

Der Major Fitzpatrick sah vor sich hin. Er hatte verstanden. Er atmete auf: Ein schlauer Bursche, dieser Cornstalk, dachte er. Das soll also wohl heißen: Bis hierher und nicht weiter, unsere Geduld ist aus. Wir lassen uns nicht länger von einem Ort zum anderen jagen.

Und seine Heldentaten hat mir der Kerl auch nicht nur aus Prahlerei erzählt, wie ich glaubte. Das war deutlich durch die Blume gesprochen: ›Nun weißt du, wen du vor dir hast. Nimm dich in acht. Ich bin Cornstalk, damals war ich jung, jetzt bin ich alt und erfahren.‹

Oh, mein alter Häuptling, ich verstehe dich gut.

Jawohl, Fitzpatrick, alter Junge, sieh dich vor... Das ist ein Fuchs und ein Bär... Toller Kerl, haut da einfach so zwölf Cherokee eins vor die Nase – soll ihm mal einer nachmachen.

Und jetzt, das mit den Bauern – kann nicht sagen, daß ich sie liebe. Aber die Virginier fressen mich ja auf, wenn ich die zwanzig Kerle nicht mitbringe...

Als könne er die Gedanken des Offiziers lesen, stand der Shawnee noch einmal auf: »Cornstalk hat dem Gelben Haar die Pferde geraubt, weil er wollte, daß die weißen Leute ihn verfolgen. Er wollte die weißen Leute gefangennehmen, denn Cornstalk will den Frieden.

Die Gefangenen sind frei, wenn der Bote des Weißen Vaters die Pfeife des Friedens mit uns raucht.

Wenn aber der Große König seine roten Kinder nicht anhört, so werden die Gefangenen alle sterben.«

Der Major pfiff durch die Zähne – ihm ging ein großes Licht auf. Das war also kein Diebstahl gewesen, sondern von vornherein eine Falle. Cornstalk wollte die Weißen zwingen, einen Vertrag mit ihm zu schließen – darum hatte er die Pferde gestohlen, darum die Bauern und Jäger gefangengenommen. Er wollte Geiseln haben – ein schlauer Hund. Er wußte gut, welch einen Verlust zwanzig Mann an der Grenze bedeuteten, er wußte ganz genau, daß die Regierung die Gefangenen nicht im Stiche lassen konnte.

Nur gut, daß die Absichten des Gouverneurs und der Krone von England so gut mit denen Cornstalks harmonierten oder zu harmonieren schienen. Auch England wollte Frieden mit den Indianern, Frieden, Verträge ... Das brauchte noch lange nicht zu heißen: Frieden mit den Kolonisten.

Zapft ihnen nur das Blut ab, recht kräftig, diesen verdammten Kolonisten, diesen Rauhbeinen, lenkt sie ab von dem Gezeter um Steuern und Abgaben ...

Freilich: die Gefangenen muß ich erst mal befreien ...

Also gut, Cornstalk, alter Junge: Erst mal Verträge, feste Verträge mit der Krone von England. Wir zahlen euch auch, wenn ihr wollt – na und ob ihr wollt –, gern Jahresgelder, ihr braucht doch Flinten und Pulver, damit ihr auf die Jagd gehen könnt ... Ihr müßt ja nicht immer unbedingt Büffel und Hirsche jagen, die Zeit wird schon kommen, wo es anderes Wild gibt, da braucht ihr Waffen, gute Waffen.

Den Vertrag sollt ihr haben, einen Vertrag mit der Krone von England, versteht sich, nicht mit den Kolonien. Wer kann da schlimme Dinge vermuten? England schützt doch nur seine Kolonisten, es tut nur seine Pflicht, wenn es ihnen die Roten vom Leibe hält.

Donnerwetter, der Gouverneur wird seine helle Freude haben, ein Vertrag mit eins, zwei, drei, fünf – mit fünf indianischen Nationen auf einmal, von denen die Lenape so viel wert sind wie zwei andere, und die Miami allein so viel wie die sechs Nationen der Irokesen ... das gibt gute Bundesgenossen ... die Kolonisten sollen ihr Maul besser nicht so weit aufreißen, hier wird der Tomahawk geschärft, wir werden schon in die Asche blasen, wenn es Zeit ist ... das wird ein gutes Feuer geben.

So phantasierte der Offizier grimmig und glücklich vor sich hin.

Cornstalk hatte sich gesetzt. Bevor der Major antworten konnte, stand Mitschikinikwa, der Miami, im Kreis. Fast schien es, als sei es noch stiller geworden; jetzt sprach der mächtigste Mann zwischen den Seen und dem Mississippi. Kleine Schildkröte war höchstens fünfunddreißig Jahre alt, er stammte wie Cornstalk aus einem alten Geschlecht. Man wußte, daß er eine Leibwache von auserlesenen Kriegern um sich hatte, daß er drüben in Piqua hof hielt wie ein Fürst; er hatte seine Minister wie mancher kleine König in Europa. Als er jetzt in den Kreis trat, wehte seine Federhaube, die im Stehen bis auf die Fersen herabschwebte, wie eine Fahne hinter ihm her. Er war größer als Cornstalk, und er leuchtete in der ganzen Pracht der Jugend, als er sagte:

»Die Lenni Lenape, die Shawnee, die Wyandot sind unsere Brüder. Sie wurden gejagt, getrieben, verraten, von den großen Seen bis an das Salzmeer.

Wenn die roten Leute noch länger warten, sind die Wälder und die Berge bald voll von Weißen.

Die Miami sind die Nachbarn der Shawnee, der Sturm weht auf sie zu. Die Miami wollen nicht, daß es ihnen ebenso geht wie ihren Brüdern. Höre, weißer Mann, was der oberste Häuptling aller Völker der Miami dir sagt: Der Tomahawk der Shawnee ist auch unser Tomahawk, die Friedenspfeife der Shawnee ist auch die Friedenspfeife der Miami und Piankeshaw. Das sagt Mitschikinikwa.«

Es ging ein Rauschen durch den Raum, als der Miami jetzt quer durch die Halle schritt und sich neben Cornstalk - aber ein wenig tiefer als er - niederließ.

Die Indianer verstanden, was das hieß, und der Major nicht minder. . . . Der macht nicht viel Worte, dieser Mitschikinikwa oder wie der Mann heißt. Ein Führer von sechstausend, achttausend Kriegern und unterstellt sich einem Stamm, der höchstens tausendfünfhundert Leute ins Feld schicken kann! Weil er fühlt, daß dieser Cornstalk mehr kann, mehr weiß, mehr sieht als er selbst.

Das sollte mal bei uns vorkommen . . . da sollte man sich vorstellen, daß bei uns mal ein General sich einem Major unterordnet. – Und 's ist doch dasselbe . . ., dachte Fitzpatrick.

Eine warme Welle von Sympathie durchflutete ihn plötzlich, er sprang auf und ging auf die beiden mit ausgestreckten Händen zu. Laut rief er durch den Raum:

»Der Weiße Vater freut sich über seine roten Kinder. Er heißt sie willkommen. Er will Frieden machen, er will den Vertrag schließen. Er freut sich, daß er mit Männern verhandelt, er liebt die Häuptlinge, die für ihr Volk sorgen, denn auch er sorgt für sein Volk.«

Fitzpatrick schüttelte ihnen und besonders Mitschikinikwa kräftig die Hand. Die beiden Häuptlinge hatten sich erhoben, und während Cornstalk ruhig und abwartend dastand, zeigte der Miami offen seine Befriedigung über das herzliche Verhalten des Offiziers. Er sagte nichts, aber seine dunklen Augen leuchteten auf, als er den Händedruck erwiderte.

Der Bann war gebrochen. Die steife Haltung der Indianer schwand, und Cornstalk gab nun ohne Umschweife seine Forderungen bekannt. Er breitete ein weiß gegerbtes Lederstück auf dem festgestampften Boden aus, nahm ein Stück verkohltes Holz aus dem Feuer und zeichnete zu des Majors höchster Überraschung mit wenigen Strichen eine Karte des Landes auf das Leder:

Die Kette der Allegheny im Osten, die großen Seen im Norden, den Ohio mit seinen Nebenflüssen, Muskingum, Scioto, den Miami-River, den Wabash-River – – und nun trat unwillkürlich ein heißes Lauern in den Blick des Offiziers, denn Cornstalk zeichnete jetzt auch die südlichen Nebenflüsse des Ohio, die noch kein weißer Mann aufgenommen hatte, von denen nur dunkle Kunde über das Gebirge gekommen war: den großen Kanawha-River kannte er noch, und das da weiter westlich war wohl der Licking-River, wo es die großen Salzlecken geben sollte. Aber jetzt: Die drei großen Ströme kannte er nicht einmal dem Namen nach, aber er merkte sich ihre indianischen Bezeichnungen: Kentucky, Tennessee – und dem zwischen ihnen strömenden dritten gab der Häuptling einen englischen Namen: Cumberland-River. Cornstalks Absicht war, eine Grenze für Indianer und Weiße zu vereinbaren, über die hinaus beide Teile keine Siedlungen vortreiben sollten. Der Major sah zu seiner Freude mit einem Blick, daß er die Forderungen des Häuptlings ohne weiteres annehmen konnte. Denn dieser verlangte eigentlich nur einen Vertrag über die Grenzen, die ohnehin schon praktisch bestanden: nämlich im Osten die Ketten des Allegheny-Gebirges bis an die Quelle des Monongahela-River, von da an sollte die Grenze dem Laufe dieses Flusses bis zu seiner Vereinigung mit dem Allegheny-River folgen, dann diesen aufwärts bis zu einem Fluß am Knick des Allegheny-River, und von da in gerader Linie nach Norden bis an den Erie-See. Westlich dieser Grenze und südlich der Seen sollte kein Weißer das Recht haben, Indianerland ohne Einwilligung der Roten zu betreten. Und im Süden sollte der Cumberland-River die Grenze des Landes der Shawnee bilden.

Fitzpatrick wußte, daß die Regierung eine weitere Ausdehnung der Kolonien nach Westen nicht wünschte. Er sagte also zu, unter der Bedingung, daß die Häuptlinge ein festes Bündnis mit England schlossen. Beide Teile waren höchst befriedigt. Die Indianer hatten die Grenzen ihres Landes gesichert, und der Major hatte neue Verbündete für England gewonnen. Fitzpatrick machte sich an das Protokoll, das die Häuptlinge mit ihrem Totemzeichen unterzeichnen sollten. Aber während der Major daran arbeitete, gab Cornstalk einem der Wächter an der Tür einen Auftrag. Er eilte davon, und nach wenigen Minuten wurden die Gefangenen, unter ihnen nun auch wieder Konrad Wulf, in den Raum geführt. Sie waren an den Händen gefesselt und wurden von einigen jüngeren Kriegern scharf bewacht.

Man merkte den Bauern und Jägern keine Entbehrungen an, die Indianer hatten sie keine Not leiden lassen – aber sie wußten natürlich, was vorging, und waren in großer innerer Erregung.

»Sagt Euren Kameraden: noch eine halbe, höchstens eine Stunde – und sie sind frei!« rief der Major, zu Konrad Wulf gewandt.

Ausrufe der Freude, der Dankbarkeit, die Männer drängten sich um den Offizier, wollten mehr hören. Der wandte sich zu Wagner:

»Ihr seid wohl das Gelbe Haar? Eure Pferde erhaltet Ihr zurück; wenn Euch sonst noch etwas genommen wurde, sagt es mir. Es soll Euch alles wiedergegeben werden.«

»Wie ist's mit den Büchsen?« rief sofort einer der Jäger.

»Auch die bekommt Ihr wieder, auch Eure anderen Waffen – da werden sie schon hereingetragen!«

So war es. Cornstalk ließ die Waffen der Gefangenen auf einer Lederdecke am Feuer ausbreiten.

Da aber trat Konrad Wulf an Fitzpatrick heran: »Major, meine Gefährten sagen mir, vor zehn Tagen sei der Rote Tom, das ist einer von uns, zu Cornstalk gerufen worden und nicht mehr zurückgekehrt. Wir wollen wissen, was aus ihm geworden ist. Cornstalk hat uns versprochen, es am Tage der Verhandlungen zu sagen.«

Fragend wandte sich der Angeredete zu dem Häuptling, der neben ihm stand. Der zeigte auf die Tür: Dort führten zwei Indianer den Roten Tom gerade herein. Er rief schon von weitem den im vollen Schein des Feuers stehenden Major an:

»Seid Ihr der Offizier der Krone, Herr? Könnt Ihr mir sagen, warum die Roten mich anders behandeln als meine Kameraden da?«

Der Rote Tom wurde von seinen Wächtern auf einen Wink Cornstalks hin bis dicht an das Feuer direkt vor den Major herangeführt. Die Häuptlinge hatten sich alle erhoben und bildeten einen Kreis um die Gruppe. Im Hintergrund machte sich eine Bewegung bemerkbar. Ein paar Männer traten zurück, und durch die entstehende schmale Gasse wurde ein alter Indianer, dessen Gestalt die Last vieler Winter niederdrückte, von zwei jüngeren Männern herangeführt. Er stellte sich dem Roten Tom gegenüber und sah ihm aufmerksam forschend lange Zeit ins Gesicht. Der Ire sah gleichmütig auf ihn hin. Plötzlich zuckte er zusammen und starrte den Alten mit aufgerissenen Augen an. Er gab sich keine Mühe, einen fürchterlichen Schreck zu verbergen.

Eine erwartungsvolle Stille entstand. Dann begann der Alte, in klarem Englisch leise zu sprechen:

»Vier Winter sind verflossen, da war Se-cumne mit den Männern und Frauen seines Clans ausgezogen, den Büffel zu jagen. Die Lenape hatten ihm erlaubt, seine Hütte im Tal des Allegheny-River aufzuschlagen. Es war im Monat des reifen Mais*. Die jungen Männer seines Stammes gingen weit umher, und sie schossen viel Wild. Sie fingen Biber und Füchse und erbeuteten viele Felle. Sie jagten auch den Elch. Eines Tages waren sie am Ufer des großen Sees**, da fanden sie auf der Jagd einen verwundeten weißen Jäger. Er hatte einen Elch schießen wollen, aber schlecht getroffen, und der Elch hatte ihn mit seinen Hörnern fast getötet.«

Der alte Indianer machte eine Pause. Der Rote Tom war während der Erzählung völlig in sich zusammengesunken; er wurde leichenblaß, trotz seiner verbrannten Haut, und begann so zu zittern, daß seine beiden Wächter ihn halten mußten. Verstört, mit flatternden Augen sah er sich um, und sein

---

* September.
** Gemeint ist hier der Erie-See.

entsetzter Blick blieb auf dem Antlitz Cornstalks haften, der ihn aus erbarmungslosen Augen drohend anstarrte. Der alte Indianer fuhr fort, immer noch sehr leise, fast flüsternd, als spräche er ganz für sich selbst. Die Hörer hielten den Atem an und rührten sich nicht, um sich kein Wort entgehen zu lassen.

»Se-cuntha, mein Sohn, brachte ihn mit den anderen jungen Männern in unsere Hütten. Auch seine Pferde holten sie aus seinem Lager und brachten sie ihm. Wir pflegten ihn und gaben ihm zu essen und zu trinken. Zwei Monate lang war der weiße Mann schwer krank, aber Se-cumne kennt die Kräuter des Waldes, und er heilte die Wunden des weißen Mannes. Als er wieder gesund war, ging er mit uns auf die Jagd, und er war wie mein Sohn.

Der Winter war sehr kalt. Viel Schnee lag in den Wäldern, das Fell des Wildes war gut und dicht. Wir hatten viel Reichtum in unseren Hütten. Als der Monat der kranken Augen gekommen war*, da kam die Zeit, daß wir nach Chillicothe zurückkehren sollten. Eines Tages waren alle jungen Männer auf der Jagd, in unseren beiden Hütten waren nur Se-cumne und Se-cuntha, und Wishtonwish, meine jüngere Tochter. Auch der weiße Mann war am Morgen auf die Jagd gegangen. Se-cumne war in der Hütte mit Wishtonwish. Da erscholl ein Schuß, und ich hörte Se-cuntha schreien, aber er schrie nicht lange, Wishtonwish lief zur Tür und schrie: ›Der weiße Mann hat Se-cuntha getötet.‹ Er kam in unsere Hütte und tötete auch Wishtonwish. Er wollte auch Se-cumne erschlagen, aber ich war zu schwach, mich zu wehren, und er fesselte mich. Dann nahm er unsere Felle und Pelze, die Beute von sechs Monaten, packte sie auf seine Pferde und ritt davon.

Am Abend kamen die jungen Männer zurück, sie befreiten mich und verfolgten den weißen Mörder, aber sie holten ihn nicht ein, denn wir hatten keine Pferde.«

* März.

131

Der alte Indianer richtete sich plötzlich auf, hob den Arm und deutete mit der Hand auf den Roten Tom, der ganz in sich zusammengesunken war und in den Armen seiner beiden Wächter hing. Dann rief er mit lauter Stimme: »Hört, ihr Männer der Shawnee, dies ist der weiße Mörder!« – Ohne ein weiteres Wort wandte er sich um und ließ sich durch die Tür hinausführen.

Der Rote Tom

Major Fitzpatrick hatte am nächsten Tage mit den befreiten Gefangenen Chillicothe verlassen. Er hatte lang um den Roten Tom gekämpft, aber Cornstalk war fest geblieben und hatte darauf bestanden, daß der irische Jäger dem Gericht der Shawnee preisgegeben werde.

»Wie konntet Ihr aber auch Eure Lebensretter ermorden und berauben! Das war eine schlechte Tat, Tom!« sagte Konrad Wulf.

Der Ire in all seiner Angst hörte die Worte und schrie jammernd auf: »Ich habe nicht gemordet, das war doch kein Mord! Wenn Ihr einen Wolf tötet, sagt Ihr dann, es sei Mord? Indianer sind doch gar keine Menschen –«

Da war eine eisige Stille entstanden, und auch der Ire verstummte vor Schreck über seine eigenen Worte. Cornstalk stand im Kreise und brüllte, alle Kälte und Ruhe vergessend, den Arm zur Tür gestreckt:

»Schafft ihn hinaus!«

Niemand von den Weißen hatte zu widersprechen gewagt. Die Häuptlinge hatten zum großen Teil die Worte des Roten Tom verstanden, den anderen wurden sie übersetzt. Alle Herzlichkeit fiel von ihnen ab, es war ein Lauern in ihnen wie in Berglöwen, die sich zum Sprung ducken.

Besonders die Lenape nahmen eine drohende Haltung an. Sie hatten von den hier vertretenen Stämmen bisher die häufigste Berührung mit den Weißen gehabt, sie kannten die Gesinnung, die aus den Worten des Roten Tom sprach, sie hatten oft genug erlebt, wie wenig einem Weißen das Leben einer Rothaut galt. Sie wußten, daß es sogar unter den Predigern der Weißen Menschen gab, die öffentlich erklärt hatten, wer einen Indianer töte – und sei es selbst ohne Grund –, der tue eine gute Tat, denn die Roten seien Heiden, seien Feinde Gottes, sie seien die Amalekiter und sie müßten vom Erdboden ausgerottet werden wie wilde Tiere.

Die Lenape wußten – denn sie hatten es am eigenen Leibe und am Leibe ihrer Frauen und Kinder schmerzlich erfahren müssen – daß christliche Priester nicht nur die Aussetzung von Geldprämien für jeden Skalp einer Rothaut empfohlen hatten, sondern daß gar mancher mit eigener Hand roten Männern, Frauen und Kindern Kopfhäute abgenommen hatte.

Zur schmerzlichen Beschämung für jeden wirklichen Christen muß es gesagt werden, daß viele Geistliche an diesen Greueln teilhatten.* Nur die ebenfalls protestantischen Quäker und ihre Geistlichen hatten sich zunächst von solchen Untaten ferngehalten, und die Indianer dankten ihnen dafür, indem sie sich nicht an Quäkern vergriffen. Ja, nicht selten schützten sie sie noch vor weißen Landstreichern.

Auch die katholischen Priester und Missionare brachten den Ureinwohnern wenig Gutes: ihre Weigerung, an ungetaufte Wyandot ebenfalls Waffen auszugeben, trug zu deren Untergang bei.

Daran also dachten die Lenape bei den Worten des Roten Tom, und ihre Augen begannen zu glühen, ihre Fäuste schlossen sich fester um den Griff der Kriegskeulen.

Alle Gefangenen, der Vertrag, vielleicht sogar der Abgesandte des Gouverneurs waren urplötzlich in höchster Gefahr. Bukongahelas, der Führer der hundertmal schon getäuschten, betrogenen Lenape, der sich vor dem Roten Tom verächtlich in den Hintergrund zurückgezogen hatte, stand wutverzerrten Gesichts urplötzlich neben Cornstalk... Da hatte der Major die Lage gerettet. Wegen eines Diebes und Mörders wollte er sein großes

---

* Es bedarf keiner besonderen Betonung, daß diese Worte sich nicht gegen die protestantischen Missionare richten können, die, wie z. B. die »Mährischen Brüder«, oft genug ihr Leben für ihre Missionskinder gewagt haben.

Werk, das Bündnis mit den Indianern, nicht aufs Spiel setzen. Er sprach laut und empört seinen Abscheu aus, er empfahl sogar harte Bestrafung seines Landsmannes und bedauerte, daß er je ein Wort für ihn eingelegt hatte.

Das hatte die aufgebrachten Indianer ein wenig beruhigt, und so war nach langem Hin und Her, nach endlosen Reden und vielen feierlichen Worten der Vertrag schließlich doch noch bei Friedenspfeife und Feuerwasser, das der Major reichlich mitgebracht hatte, besiegelt worden. Friedrich Wagner und seine Gefährten verließen als freie Männer das Dorf der Shawnee, die sich beim Aufbruch in Mengen einfanden. Alle seine Pferde hatte Wagner wieder erhalten – und so ritten die Bauern, Jean Martin und die übrigen Jäger nachdenklich, aber doch ohne Grollen zu den Palisaden hinaus. Den Roten Tom mußten sie dem Schicksal überlassen, das er sich selbst bereitet hatte.

Logan, der Häuptling des Cayugastammes, ritt mit ihnen, er wollte dem Tode des weißen Jägers nicht beiwohnen, den auch er nun nicht mehr retten konnte.

Sie waren etwa seit zwei Stunden unterwegs, als sie einigen Shawnee begegneten, die nach Chillicothe wollten. Es war der Vortrupp des von den Büffeljagden heimkehrenden Zuges. Bald darauf tauchte auch der schwerbepackte Beutezug selbst auf: natürlich gab es viel Erstaunen, viel Fragen. Friedrich Wagner war ehrlich erfreut, Tecumseh zu sehen und seinem großmütigen Gegner, der ihm vor wenigen Wochen an der Schlucht draußen in der Prärie das Leben geschenkt hatte, noch einmal die Hand drücken zu können.

Aber Tecumseh fragte nach dem Roten Tom, ihm war sein Fehlen sofort aufgefallen. Wagner gab eine ausweichende Antwort, er fragte Logan, auch der wich der Frage aus. Jetzt war Tecumsehs Verdacht wach, und so fragte er einen aus der indianischen Begleitmannschaft, der ihm bereitwillig erzählte, daß der Rote Tom wahrscheinlich gerade am Marterpfahl hänge, weil er Se-cuntha und Wishtonwish damals ermordet habe.

Tecumseh, eben noch heiter und gleichmütig, verwandelte sich in einen gereizten Puma. Mit einem Blick unsäglicher Verachtung auf die Weißen, die ihren Gefährten offenbar so schmählich im Stich ließen, wandte er sich mit erregten Worten an Logan, der ihn zu beruhigen suchte. Aber je mehr er sprach – er erzählte ihm den ganzen Vorfall in der Ratshalle –, um so ungeduldiger wurde Tecumseh.

Und unvermutet ließ er die am Handgelenk hängende Peitsche auf den Rücken seines gemächlich grasenden Pferdes niedersausen, das zusammenzuckte, wild ausschlug und dann den ausgetretenen Pfad am Ufer des Flusses entlangraste.

Logan sah ihm ernst nach, dann verabschiedete er sich kurz von den Weißen, befahl seiner Frau, ihm mit ihrem Söhnchen langsam nachzureiten – und jagte davon, hinter Tecumseh her.

Der aber war nicht mehr einzuholen. Er ritt wie der leibhaftige Teufel das Ufer entlang, auf den Hals seines Pferdes gebeugt, die Augen geradeaus gerichtet, um rechtzeitig herabhängenden Zweigen auszuweichen, über gefallene Bäume setzen zu können. Der Mustang, den Tecumseh vor wenigen Wochen erst eingefangen hatte, war eine derartige Jagd in solchem Waldgelände nicht gewohnt, aber rücksichtslos trieb ihn der Shawnee vorwärts. Nicht umsonst hatte ihn Cornstalk den »Fliegenden Pfeil« genannt.

In Tecumsehs Hirn hämmerten die Gedanken. Er erinnerte sich an seinen ersten Kriegszug – es war nun vier Winter her, und er war damals erst sechzehn Jahre alt gewesen. Er war gegen die Ani Yunwiya unten in Kentucky gegangen, sie hatten zwei ihrer Späher gefangengenommen, und er hatte zusehen müssen, wie die beiden zu Tode gemartert worden waren. Die Ani Yunwiya waren tapfere Krieger gewesen, und sie hatten jede neue Marter mit Hohn und Spott und Kriegsgesängen erwidert. Die Gefangenen hatten ausgehalten, aber er, Tecumseh, hatte es nicht ausgehalten: er war damals schreiend in den Wald gestürzt.

Als er zurückgekommen war, waren die beiden Gefangenen schon tot gewesen – und da hatte er seine Gefährten, die alle älter gewesen waren als er, mit einer leidenschaftlichen Rede überfallen. Er hatte es ihnen ins Gesicht geschrien, daß es feige, daß es eines Mannes unwürdig, daß es erbärmlich sei, Gefangene zu quälen, die sich nicht mehr wehren könnten, daß die beiden Ani Yunwiya Helden, sie, die Shawnee, aber jämmerliche Schakale seien – warum sie denn nicht mit den Spähern gekämpft hätten?!

Noch heute, während er auf seinem schäumenden Mustang den Scioto-River aufwärts ritt, entsann er sich seiner Worte, die ihm damals aus dem Munde geströmt waren, ohne daß er nach ihnen hätte zu suchen brauchen. Seine Gefährten, die von dem Häuptling Bluejacket geführt worden waren, hatten sich weniger von seinen Gründen als von der Gewalt seiner Rede hinreißen lassen, denn fast noch über dem Kriegshelden steht dem Indianer der Redner. Tapfere Leute sind sie ja alle, kühne Taten vollbringen – das kann jeder; aber reden kann nicht jeder! Und die zwanzig Männer hatten ihm – einem Sechzehnjährigen! – damals das feierliche Versprechen gegeben, niemals mehr einen gefangenen Feind zu martern. Sie hatten ihr Versprechen auch gehalten.

Tecumseh zitterte noch heute vor Empörung und Mitleid, wenn er an die beiden schändlich hingemetzelten Leute dachte, und was er tun konnte, das wollte er tun, um die Marterung des Roten Tom zu verhindern – und wenn Bukongahelas und alle die übrigen Häuptlinge, ja wenn selbst der große Cornstalk zehnmal die Folterung verlangte.

Niemand konnte ihn hindern, den Roten Tom zum Kampf herauszufordern, und wenn er das tat, er, Tecumseh, Der zum-Sprung-sich-duckende-Berglöwe* – dann konnte ihm niemand seinen Wunsch verweigern.

Tecumseh hatte in rasendem Ritt Chillicothe erreicht. Er sprang vom Pferd, drang durch die Menge, die den Dorfplatz

* Das bedeutet »Tecumseh« in deutscher Sprache.

umringte, und er sah, daß er zu spät gekommen war. Was er hatte verhindern wollen, war bereits geschehen. Der Rote Tom hing in seinen Fesseln am Pfahl, nur noch ein zuckendes Bündel Fleisch, in dem wohl noch Leben, aber kein Bewußtsein mehr war. Tecumseh griff sich ans Herz, die Empörung übermannte ihn und auch das Mitleid mit dem stöhnenden Wesen dort, das einmal auch ein Mensch gewesen war. Scham, Schmerz und Entsetzen überfielen ihn so stark, daß er hilflos zu zittern begann und die Herrschaft über seine Glieder zu verlieren drohte. Doch mit übermenschlicher Anstrengung riß er sich zusammen. Er stürmte knurrend wie ein Bär durch die jungen Krieger, die johlend ihr Opfer umtanzten, sie flogen von seinen Fäusten getroffen wie Strohbündel auseinander, er stieß sein Messer dem Roten Tom ins Herz. Lieber ein schneller Tod als noch weitere Stunden der Qual! Tecumseh lohte vor Zorn und Abscheu; er riß jetzt seine gewaltige Kriegskeule vom Gürtel, sprang in vier großen Sätzen auf Cornstalk zu, hob den Schädelbrecher hoch über sein Haupt und schmetterte ihn in das Holz zwischen die Füße der zurückfahrenden Häuptlinge. Seine Stimme war wie der Donner des Eises auf den großen Seen, wenn es im Froste kracht, er brüllte wie der verwundete Büffelstier, der sich zum Angriff wendet:

»Was hast du aus den Männern der Shawnee gemacht? Sie waren tapfere Krieger – und nun sind sie Schweine, die das Blut eines Wehrlosen lecken. Schande über die Shawnee, Schmach über Cornstalk!«

Wie eine Flutwelle breitete sich eisige Stille aus, als Cornstalk sich jetzt langsam, geduckt erhob, mit grauem, fahlem Gesicht und fast geschlossenen Augen, mit einem Grimm im Antlitz, daß die vor ihm Stehenden entsetzt zurückwichen. Seine Muskeln spannten sich, langsam griff er nach dem Kriegsbeil am Gürtel, trat einen, zwei Schritte vor ...

Aber Tecumseh kümmerte sich nicht um ihn; er drehte ihm den Rücken zu und brach von neuem los: »Ist das die Art von

Männern? Feiglinge sind die Shawnee. Hat der rote Schopf eure Brüder getötet, und niemand hatte den Mut, mit ihm zu kämpfen? Warum gabt ihr ihm kein Messer in die Hand, sein Leben zu verteidigen? Fort in eure Löcher, ihr Kojoten, denn feige wie Kojoten seid ihr. Wartet ihr, bis euch Tecumseh an die Kehle springt?«

Wütend wichen die Krieger vor ihm zurück, der da so plötzlich nach wochenlanger Abwesenheit aufgetaucht war. Da und dort packte einer sein Messer, seinen Bogen fester, sie rotteten sich zusammen. Einer der Miami sprang mit einem warnenden Ruf auf Tecumseh zu, aber er wäre zu spät gekommen, denn schon stand Cornstalk in maßloser Wut hinter dem jungen Roten. Da glitt ein dunkler Schatten zwischen die zwei, ein Hirschfellmantel legte sich um die Schultern des Fliegenden Pfeils, Logan faßte mit der Rechten Tecumsehs Arm, legte die Linke auf sein Haar und sagte in die Stille hinein zu Cornstalk und dem ganzen Volk, das sich von seiner Überraschung erholt hatte und sich nun auf den bisherigen Liebling des ganzen Stammes werfen wollte:

»Dieser Krieger steht unter dem Mantel Ta-ga-ju-tahs, und Ta-ga-ju-tah ist der Gast der Shawnee.«

Wie ein Mann sprangen da die Häuptlinge der Miami und der Piankeshaw auf und riefen Beifall.

Sie hatten wohl die Bestrafung, aber nicht die Folterung des Mörders gebilligt, wenn sie auch ihren Verbündeten nicht in den Arm gefallen waren. Cornstalk schwieg, mit brennendem Blick sah er Logan an, seine Faust krampfte sich fester um die Waffe, er sah die Shawnee mordlustig hinter dem Cayuga und Tecumseh – Tecumsehs beste Freunde, die »Hunde« waren nicht da. Ein Wort von ihm genügte, um die beiden zu vernichten. Mahnend kam Mitschikinikwa, der Miami, über den Platz geeilt um zur Besonnenheit zu raten.

Noch immer schwieg Cornstalk, er wandte sich um und sah auch die übrigen Miami sich nähern.

»Das Gastrecht ist heilig – Unglück kommt über den, der es bricht – Logan hat bei jedem der roten Stämme hundert Freunde, die ihn rächen würden – Logan ist ein Häuptling der sechs Nationen –.« So waren die Gedanken Cornstalks, und bei dem letzten schauderte er zusammen, denn er dachte an das Schicksal der Wyandot. Sollte er wegen eines weißen Mörders und eines heißblütigen jungen Kriegers sein Volk der Rache der Hodenosauni ausliefern?

Er wandte sich dem Cayuga zu, reichte ihm die Hand und sagte fest:

»Ta-ga-ju-tah ist der Gast der Shawnee; verflucht sei, wer dem Gaste Übles tut.«

Ohne Tecumseh auch nur eines Blickes zu würdigen, hüllte er sich in seinen Büffelmantel und ging zu seiner Hütte. Tecumseh, der jetzt von Logan halb davongezogen wurde, sah bittere Feindschaft in allen Blicken. Nur drüben, am Hause Cornstalks, leuchtete ihm aus dunklen Augen Stolz, Liebe und Dank entgegen. Dort stand Kristall, Cornstalks jüngste Tochter.

Zum besseren Verständnis

In der Erzählung um den jungen Shawneekrieger Tecumseh haben wir mit wenigen Ausnahmen die indianischen Stammesnamen verwendet. Da sie vielleicht nicht alle bekannt sind, stellen wir sie hier den Namen gegenüber, die die englischen und französischen Siedler den Indianern gegeben haben.

Indianischer Name	Name der Weißen	Sprachfamilie
Absaroke	Crow	Sioux
Ani Yunwiya	Cherokee	Irokesisch
Anischinabe	Ojibway	Algonkin
Catawba		Sioux
Hodenosauni	Irokesen	Irokesisch
Hotchangara	Winnebago	Sioux
Ikaniuksalgi	Seminolen	Muskogi
Lakota/Nadoweis-siw	Sioux	Sioux
Larapihu	Pawnee	Kaddo
Lenni Lenape	Delaware	Algonkin
Mesquakie	Fox	Algonkin
Miami		Algonkin
Muskogee	Creek	Muskogi
Ne-Me-Ne	Komantschen	Schoschon
Ottawa		Algonkin
Potawatomi		Algonkin
Sauk		Algonkin
Shawnee		Algonkin
Siksika	Blackfoot	Algonkin
Wyandot	Huronen	Irokesisch

Die innere Gliederung des Shawnee-Stammes

Der Stamm der Shawnee war in fünf große Abteilungen unter-
gliedert: Es gab die Chilacotha, die Assiwikale, die Kispokotha,
die Spitotha und die Biwakotha. Jede dieser Abteilungen
bestand aus zwei oder drei großen Clans, die ihr gemeinsames
Totemtier hatten. Innerhalb der Chilacotha gab es beispielsweise
den Clan der Wölfe (Mwa-wä), den Clan der Bären (M-kwäs)
und den Clan des Pumas (Mse-Passe), dem auch Tecumseh
angehörte. Kein Krieger durfte ein Tier seines Totems töten.

Der Älteste aus der ruhmreichsten Familie des Clans war der
Anführer; man könnte ihn als Friedenshäuptling bezeichnen.
Diese Würde war in der betreffenden Familie erblich. Kriegs-
häuptling konnte jeder werden, der sich durch Kriegstaten
auszeichnete. Die Friedens- und Kriegshäuptlinge in ihrer
Gesamtheit bildeten die »Regierung« des Stammes, den »Rat der
Alten«. Den Vorsitz hatte stets ein Friedenshäuptling inne. Auch
diese Würde war oft erblich. In unserer Geschichte obliegt
dieses Amt Cornstalk, er war der Oberhäuptling der Shawnee.
Nach seinem Tod übernahm Cata-he-cassa dieses Amt, da Cornstalks Söhne alle gefallen waren. Jeder Clan hatte nur einen
Friedenshäuptling, konnte aber viele Kriegshäuptlinge haben.

Daneben gab es bei den meisten Stämmen noch Männer-,
Frauen- und Jugendbünde mit ihren eigenen Anführern. Tecumseh ist Anführer der »Hunde«, einem Bund junger Männer.

Nachwort

»Laßt uns einen Leib bilden, ein Herz, und bis zum letzten
Krieger unser Land verteidigen, unsere Heimat, unsere Freiheit
und die Gräber unserer Ahnen!« (aus einer Rede Tecumsehs)

Tecumseh (1768–1813) war noch ein junger Krieger, als er erkannte, daß nur ein Zusammenschluß der indianischen Stämme
das unaufhaltsame Vordringen der Weißen in sein angestammtes
Land verhindern konnte.

Seit mehr als 200 Jahren war Amerika das Auswandererziel
unzähliger Europäer, die ab Mitte des 17. Jahrhunderts von der
Ostküste Nordamerikas nach Westen drängten. Den Indianern war
die Vorstellung, Menschen könnten Land »besitzen«, vollkommen
fremd, deshalb konnten sie es auch nicht »verkaufen«. Die Weißen
forderten jedoch das alleinige Besitzrecht und vertrieben die
indianischen Ureinwohner. Mitte des 18. Jahrhunderts beanspruchten sie bereits das Gebiet zwischen der Atlantikküste und
den Appalachenbergen für sich und gründeten dort dreizehn
englische Kolonien. Ein Vertrag mit den Kolonialherren garan-
tierte den Indianern die Appalachen als feste Grenze.

Ab ca. 1757 strebten die Kolonien verstärkt nach Souveränität
vom englischen Mutterland, was schließlich zum Unabhängig-
keitskrieg von 1775 bis 1783 führte. Von diesem Zeitpunkt an
fühlten sich die Weißen nicht mehr an die Verträge der ehema-
ligen englischen Kolonialherren mit den Indianern gebunden.
Unablässig drängten die Siedler über die Appalachen nach
Westen, wo sie fruchtbares Land vermuteten. Die dort ansässi-
gen Stämme, dazu gehörten auch die Shawnee, wurden nur als
lästiges Hindernis für eine ungestörte Besiedelung angesehen,
Rechte wurden ihnen nur selten zugestanden. Unzählige Indianer wurden ermordet oder starben in den blutigen Grenzerkrie-
gen. Die isoliert kämpfenden Indianer konnten dem Vordringen

der Weißen und besonders den gutbewaffneten Soldaten nicht standhalten.

Tecumseh war nicht nur ein furchtloser Krieger, sondern auch ein kluger Diplomat. Er wollte die indianischen Stämme seiner Heimat davon überzeugen, mit vereinten Kräften den Ansturm des weißen Mannes zurückzudrängen. Tecumseh sprach an den Ratsfeuern der benachbarten Stämme von der Gründung einer indianischen Nation und dem möglichen Sieg über die Weißen. Es gelang ihm zwar, eine Allianz zustande zu bringen, doch einige Häuptlinge, die ihre Stämme vor einem offenen Krieg bewahren wollten, verhinderten ein umfassendes Bündnis.

Tecumsehs Vision von einer geeinten indianischen Nation, die zur Lebensweise ihrer Vorväter zurückkehren und unbehelligt von den weißen Landräubern ihr gewohntes Leben würde führen können, sollte sich nicht erfüllen.

Fritz Steuben (d. i. Erhard Wittek) wurde 1889 in Wagrowiec (Polen) geboren und starb 1981 in Pinneberg/Holstein. Nach einer Buchhandelslehre arbeitete er bis Ende der zwanziger Jahre als Herstellungsleiter für den Verlag Franckh Kosmos, Stuttgart.

Unter dem Pseudonym Fritz Steuben verfaßte er zwischen 1929 und 1952 Indianererzählungen, die als Alternative zu den Romanen von Karl May viel Anerkennung fanden. Steubens Indianerbücher zeichnen sich durch ein intensives Quellenstudium aus: seine Protagonisten haben wirklich gelebt, die Ereignisse haben an den beschriebenen Schauplätzen stattgefunden, und so entwarf er ein realistisches Bild von den Kämpfen zwischen Weiß und Rot.

Mit dieser sorgfältig bearbeiteten Neuausgabe legt der Verlag die Erzählungen Steubens in der Form vor, die ihre zeitlose Qualität ausmachen: als Abenteuererzählungen voller Dramatik und Spannung vor dem Hintergrund historischer Geschehnisse.

Nina Schindler